啻異 繪
黃泉委託人
偽託人

偽託人

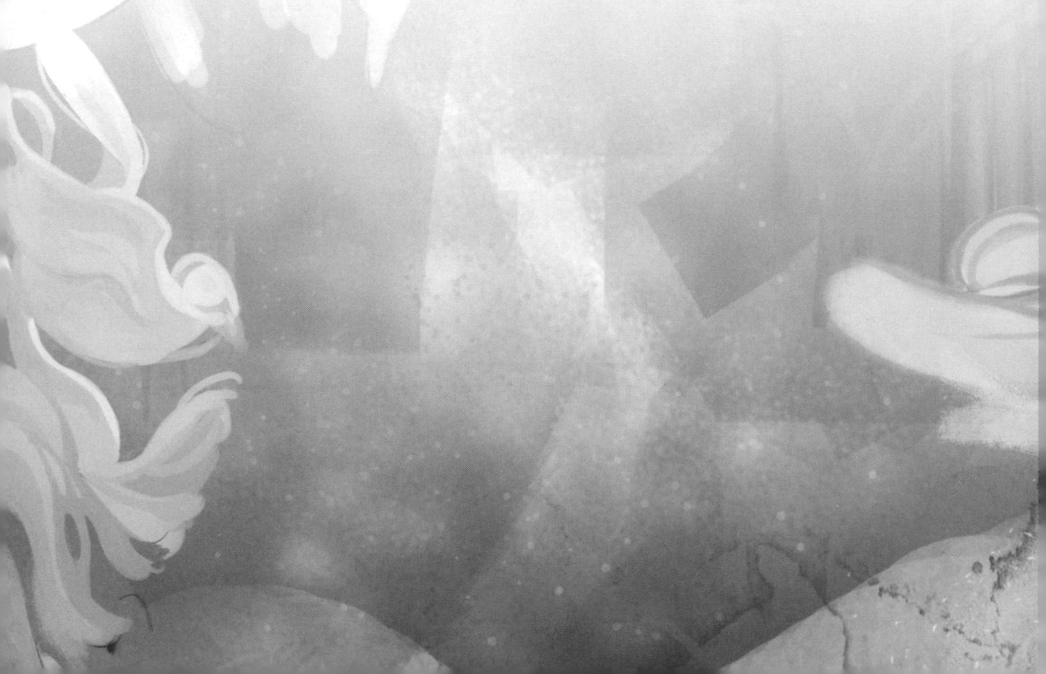

人物簡介

謝任凡

二十七歲，身高一百七十幾公分，一名看似平凡的男子，在黃泉界卻有一個響噹噹的名號——「黃泉委託人」。陰年陰月陰時陰分出生的極陰之子，擁有強大的靈力與陰陽眼，藉著自己的能力，替鬼辦事，收取酬勞為生。擁有兩個鬼老婆，能與鬼稱兄道弟，卻不擅長與人交往。

白方正

二十九歲，擁有將近兩百公分及近百公斤的身材，高大壯碩，與外型相反，十分怕鬼。操守中正，個性中規中矩，正義感十足。在與任凡結識後，意外的透過鬼和任凡破了許多棘手的案件，因而搖身變成警界最炙手可熱的超級救世主。

小憐、小碧

兩人原為黑靈，現年約四十五歲，外表則維持在死時十八歲的青春美貌。在任凡的感化下，化解了兩人的怨氣，並一起成為任凡的妻子。兩人互認為異姓姊妹，比較成熟嫻淑的小碧是為姊姊，而比較俏皮可愛的小憐則為妹妹。

撚婆

年約七十，個子嬌小法力高強的法師。為了學習法術，選擇了孤老終生作為代價，是孟婆在人間的十三個乾女兒中仍然存活的最後一位。獨自撫養任凡長大，是任凡在人世間最為親近的乾媽。個性直來直往，退休之後，獨自一人住在山區，過著簡樸的生活。

孟婆

撚婆的乾媽，任凡的乾奶奶，也是眾所皆知的遺忘之神，常駐於地獄的奈何橋邊。沾一滴孟婆所熬煮的孟婆湯，便會遺忘過去所有的記憶，方可投胎轉生。然而，喝多了孟婆湯，則在重生後也無法記住事情，變成俗話中的白痴。

爐婆

撚婆的師妹，五十幾歲的年紀卻很時尚，三不五時還會撂英文。法力不凡，卻因為曾經說實話而得罪過人，自此之後，便抱著遊戲人間的心情。因為某件事情被逐出師門，由於撚婆挺身而出，所以對撚婆充滿敬意。在任凡的一次委託中，成為了方正的乾媽、旬婆的乾女兒。

旬婆

數萬年前，在地獄與孟婆相爭失利，因而不被世人熟知。常駐於與奈何橋相對的奈落橋邊，並研發出能破解孟婆湯的旬婆湯，喝下肚便能讓人記憶起前世因緣。與任凡交換條件，達成協議後，方正被迫成為她在人間界的乾孫子。

葉聿中

職業鬼差，穿著與黑白無常類似的服裝，人模人樣的外表下，卻有著讓人一看就知道不是人類的恐怖表情。與任凡是舊識兼死黨，平時看似是個遊手好閒的賭徒，必要時卻是個值得信任，經驗老到的鬼差。

張樹清

生前為方正在警界的大前輩，是名高階警官，死後則變成菜鳥鬼差。現年約五十歲，容貌則維持在死時四十五歲的模樣，除了穿著鬼差的制服，在其他地方看起來不過像是個膽怯老實的中年男子。與自己在世時，眾多同居人之一的芬芳舉行冥婚，過著分隔陰陽兩地的幸福生活，並努力學習當個稱職的鬼差。

溫佳萱

二十七歲，才貌兼具，年輕有為的女法醫。從小就擁有陰陽眼，在突破恐懼後，比一般人更堅強，更有勇氣，也以自己的職業為天命。揭穿方正破案的手法後，成為其搭檔似的存在。

易木添

三十五歲，身形單薄，眼神卻透露出氣魄的法師。自小被廟公收養，聽遍天師黃鳳嬌（撚婆）的鬥法故事，以成為像天師一樣的高人為目標。自稱是任凡的宿敵，也視任凡為自己的唯一宿敵。

借婆

陰間的大人物，與孟婆、旬婆並稱黃泉三婆。手持有顆八卦球當杖頭的拐杖是她的註冊商標。相傳每兩個鬼魂中，就有一個欠債於借婆，她是黃泉界的大債主，也是唯一可以插手因果的人物。與任凡因緣匪淺，在任凡不在的這段時間，擅自住進任凡的根據地。

伊陸發

黃泉界陰氣最弱的鬼魂之一，不管身為人，還是鬼，都一樣坎坷平凡，為了扭轉自己的命勢，決心在此生輪迴中，幹出驚天動地的大事，讓自己的人生可以掀起些許波瀾，不再平凡。

阿山

方正特別行動小組的組員，有陰陽眼，從小就成長在充滿迷信的家庭。有點吊兒郎當的個性，卻又有一堆奇怪的推論，常常讓方正與佳萱不知道該怎麼跟他溝通。邏輯與其他人不同，有屬於自己的一套邏輯。

楔子

漆黑的夜裡，遠處搖曳著熟悉的微弱燈火。

一樣的一片死寂，一樣的稀疏蟲鳴，一樣的小算命攤子就這樣擺在這條鮮少有過路人的路上。

人是具有情感的奇妙動物，但是，隨著時間的流逝，情感會被洗刷，感覺會逐漸淡化。憂傷會被洗刷，思念會被洗刷，就連極度的恐懼也會被洗刷。

兩年多前，類似這樣的夜晚，算命仙就曾經在這熟悉的地方，被一個不知道打哪冒出來的男人，嚇到肝膽俱裂。

那一晚的遭遇，讓男人足足作了半年的噩夢。

然而，在時間的沖刷下，恐懼感失去了真實度，感覺過去發生的一切，就像夢境般不真實。

於是，算命仙從恐懼到懷疑，開始將那男人想成了是跟自己一樣，裝神弄鬼的傢伙。

這就是時間洗刷之下，人逐漸適應恐懼的產物。

經過一年的心理建設之後，算命仙終於走出陰霾，於是，他決定「復出」。

一個禮拜後，這條無人街上，那荒廢許久的算命攤又再度點起了微弱的燈火，搖曳在深夜的街上。

就好像狗改不了吃屎般，算命仙仍舊打算用他敏銳的觀察力，以及三寸不爛之舌，等待下一條大魚上鉤。

今晚，就跟多年前的夜晚一樣。

遠處的腳步聲吵醒了打盹的算命仙。

算命仙張大雙眼，看著路口，等待腳步聲的主人現身，可是，過了許久都沒見到人。

這種只聞樓梯響，不見人下來的情景，放在荒郊野外也同樣適用。

算命仙狐疑地望著路口，等了半天，卻仍然沒見到人影。

但是，腳步聲卻依舊清脆地響著，而且還越來越清晰。

算命仙重新開張第二天，還沒有客人上門過，上一次聽到的腳步聲就是那個男人的腳步聲。

現在這陣詭異的腳步聲，激起了算命仙不好的回憶，也帶回了當時的恐懼。

算命仙張大雙眼，屏住呼吸，死命盯著路口，腳步聲也越走越近。

聲音之近，就連算命仙都覺得，腳步聲的主人此刻理應已經在自己面前，但他卻什麼也看不見。

這時，腳步聲戛然而止。

算命仙緊張地左望右看，卻仍然只是一條空蕩蕩的街道。

一陣陰風拂來，將他特別重新訂製，繡有「鐵口直斷」四個大字的旗幟吹到飄揚起來。

算命仙驚恐地看著那飄揚的旗幟，當時那男人揮揮手，就讓旗幟折斷撕毀的景象還歷歷在目。

果然，在這陣陰風之下，旗幟立刻應聲折斷，連那鐵口直斷的旗幟也跟當時一樣，被撕成兩半。

那男人又回來了！

一想到這裡，算命仙雙腳一軟，整個人像上次一樣跪倒在地。

算命仙用力磕著頭，大聲地說：「對不起！我再也不敢了！再給我一次機會吧！」

但是，四周卻仍然是一片死寂。

算命仙跪求了一會，聽不到一點回應，於是稍微抬起頭來，但是，他的頭還沒完全抬起，眼前的景象已經震懾住他的心靈。

原本空無一人的街道上，一雙雙光著腳丫的腳包圍著算命仙，每雙腳都以踮著腳尖的方式站立著。

算命仙抱著頭，不敢將頭抬起，再度開始大聲求饒。

求沒幾句，算命仙感覺地面離自己越來越遠了，定睛一看，原來自己正在緩緩上升。

算命仙沒有感覺自己被人抓住，但是，身體卻不自主地浮了起來。

眼前是驚人又恐怖的景象，只見一張張蒼白上吊雙眼的臉孔，以自己為圓心，包圍著自己。怨念是一種能量，而這樣的能量是會累積的，當一群相同的能量聚集在一起，就成了一股邪惡的力量。

算命仙打破了自己的承諾，破壞了自己的約定。

現在這群共同怨念所累積出來的力量，要這個騙死人不償命的算命仙，付出他應付的代價。

看著這群鬼魂，算命仙回想起當時那個男人說過的話。

「你應該覺得好運，你身後的那些傢伙沒有來找我，不然，恐怕沒那麼簡單喔。」

剎那間，算命仙明白了一件事。

那個自稱是「黃泉委託人」的男人，不是自己的夢魘，而是自己的防火牆，隔離著自己與這群充滿怨恨的傢伙，讓他們不至於想要「私了」。

他後悔了，想逃，但是身後已經沒有任何退路。

第二天，當路過的人發現算命仙時，他已經是一具乾冷的死屍，而他的舌頭被人硬生生扯了下來，丟在遠處的水溝裡。

算命師的死，只是發生在台灣一個小角落不起眼的小事件，但是，卻是少了任凡之後的黃泉界，最具代表性的事件之一。

除了原本的黑靈之外，許許多多紅靈與藍靈，甚至於白靈，都失去了慰藉，開始在黑暗之中蠢蠢欲動起來。

就在這個黃泉界最黑暗的時期，一個不得了的人物，造訪了這個渾沌不明的世界。

第1章・一個悲慘的故事

1

一個女子的腳步聲，從巷口的那頭傳了過來。

這是一條夾在兩棟高樓之間的防火巷，大小只容一個人通過，雖然漆黑又危險，但這卻是不需要繞路就可以到達另外一條街的最佳捷徑。

走這條路可以讓女子回家的路程少了幾乎一半。

不過，因為是防火巷，裡面自然沒有什麼照明設施，只有入口與出口兩處有些微路燈的殘光，像是大海中的燈塔般，為女子指引方向。

女子走這條捷徑無數次了，一開始還會因為陰暗而感到些許恐懼，但是，經過這段時間的歷練，女子早就已經習慣成自然了。

只要加快腳步，壓抑住自己的恐懼，就可以讓回家的路不會如此漫長。

但是，那句俗諺是怎麼說的？

喔，對了，夜路走多了，總會見鬼的。

一對融化在夜中的雙眼，打從女子進入巷內，就將他的注意力集中在女子身上。

這一次，一定會成功的……

女子走到了巷弄中段，這裡是整條巷弄中最陰暗的部分，自然也催快了女子的腳步。

女子以幾近奔跑的步程，想要快速穿過這條陰暗的巷弄，這時，一陣不知打哪裡來的陰風迎面而來，彷彿一面牆撞上了女子。

女子發出了一聲短促的尖叫聲，整個人被這陣陰風撞停了腳步。

巷弄裡面一片寧靜。

「嘔——」強烈的嘔吐聲，迴盪在寂靜的巷道內。

「啊！」在那陣嘔吐聲後，女子的尖叫聲大起。

女子放聲尖叫，拔腿狂奔，一路衝出了巷弄，還可以清晰地聽見身後不知道哪裡傳來的嘔吐聲，停留在原地。

剛剛在被那陣陰風撞上之後，女子清楚地感覺到，有個不知名的東西侵襲到自己的體內。

雖然說不出那種實質的感覺，但是，她可以清楚感覺到有什麼東西隨著這陣陰風撞入自己體內。

不過，這陣不快的感覺只有一瞬間，因為下一瞬間，那種不快的感覺就退出自己的體內。

即便如此，這突如其來的不快感還是讓女子嚇到花容失色，驚魂未定地看著這條陰暗的巷道。

下一秒鐘，女子清楚地聽到彷彿就從自己耳邊傳來的那陣嘔吐聲，女子肝膽俱裂，再也不敢停留，尖叫著逃了出去。

雖然女子沒有受到半點傷，但是，相信有了這次經驗，就算要她穿著洋裝游泳游過一條泥河回家，她也不會再走這條捷徑了。

女子揚長而去後，無人的巷弄內還是不時傳來嘔吐的聲音。

靈力強大一點的人，或者習法多年的法師才有可能見到這陣嘔吐聲的主人，此刻正蹲在巷弄中，痛苦不已地狂吐。

「你真是黃泉界的恥辱啊。」一個鬼魂出現在蹲著的那個鬼魂旁邊，搖著頭說道。

蹲著狂吐的鬼魂抬起頭來瞪了那鬼一眼，然後又低頭下去狂吐。

「這輩子都是卡到陰的人才會吐，沒看過像你這種卡到陽的鬼吐成這樣。」那鬼魂猛搖著頭說：「人會卡到陰，多半是看不到鬼。沒看過像你這種，看得到還硬要撲上去。做鬼啊，也要稱稱自己幾兩重啊。這就叫做不自量力，懂嗎？哈哈哈哈。」

那鬼魂說完，伴隨著笑聲消失在巷弄之中。

過了好一會，那蹲著猛吐的鬼魂才逐漸舒緩下來。

可惡！

他不甘心地緊握著拳頭。

人死時的能量影響了他成為鬼之後的能力，如果說鬼的能量是一把劍，那麼，保護著陽間的人不受這些鬼怪侵害的盾，就是他們的生辰八字與陽氣。

如果將鬼魂的能力，化作遊戲中的數值，那麼，他的能力就是把木製的匕首，那種遊戲一開始，主角就連拿著都覺得丟臉的武器。

以他的攻擊力，就連初期城鎮外用來送給主角升級的史萊姆，可能都得打十次才會有一滴傷害（勇者鬥惡龍）。

反應在現實的生活中，就連剛死的鬼魂身上還未散盡的陽氣，對他來說，都是一堵無法超越的牆。

不要說路燈，就連打火機所冒出來的星火之光，都足以讓他幾乎魂飛魄散，幾近滅亡，只有這種伸手不見五指的陰暗巷弄，才是他的安身之所。

即便是深夜，外面燈紅酒綠的都會，對他來說也是處處充滿陷阱。

可是，像這樣的他，卻有個無比大的野心。

他想成為那轟動黃泉界的黃泉委託人身旁的夥伴。

雖然他認為，這已經是非常謙虛，而且實際的夢想了。

他希望自己可以像蝙蝠俠與羅賓，或者福爾摩斯與華生這些名搭檔般，與黃泉委託人並列在一起。

為了讓自己成為可以跟黃泉委託人搭檔的鬼魂，他下定決心加強自己的能力。

不知道為什麼，他深信，如果自己可以成功地上了人身，就有足夠的資格可以成為黃泉委託人的搭檔。

今天的行動，已經是他詳細觀察多日，並且算過日子，是陰盛陽衰成功率最高的日子了。

但是，今晚，卻又是一個令人挫敗的夜晚。

連一個弱女子的身體都無法穿過，更別說佔據他人的肉體了。

痛苦的他連仰天長嘆的能力都沒有，因為今天皎潔的明月足以弄瞎他的雙眼，需要數個月才能恢復視力。

他低著頭嚎泣，夢想是如此的遙不可及，自己的能力卻又是如此的低微。

那段不堪回首的生前回憶卻在這時浮現在他的腦海裡。

2

這是一個悲慘的故事，也算是大家耳熟能詳的人生經歷。

即使不是發生在自己身上，也曾經聽說過類似的故事。

故事的主人翁，叫做伊陸發，這種名字不需要多少解釋，大家也可以猜想到這個名字的意義。

但是，人如其名這種事情，多半不會發生在這些人的身上。

伊陸發的小名是阿發，在就讀小學之前，他就跟其他小孩沒什麼兩樣，偶爾會做些蠢事，為自己惹上一些麻煩，但是，過著與世無爭，嚴格來說也是無憂無慮的生活，就算沒有什麼特色，他仍然是父母手心中的寶。

不過，這些情形在小學畫下了句點。

他投入了社會，即使小學生的社會非常狹小，但也算是一個弱肉強食的社會。

他被歸類在食物鏈的最底層，那些天性就有豺狼血液的殘忍學生，自然不會放過這樣的目標，這些人彷彿有種雷達，讓他們永遠知道，自己掠食的對象在哪裡。

於是，阿發幾乎經歷過所有人求學時代能發生的所有不快回憶，類似阿魯巴這類殘酷的刑罰，自然是阿發每天必須歷練的課程。

這情況就好像阿發的影子般，一路跟著阿發六年，也跟著他進入國、高中。

阿發始終在狹縫中求生存，唯一能做的就是希望可以早日脫離這樣的環境。

畢竟，對很多人來說，畢業本來就是一種解脫。

阿發保著自己的小命，苦苦熬了十二年，終於在成績方面開了點花朵。

別人考取好學校是為了美麗的前程，阿發只是為了徹底跟這些會欺負他的人永遠告別。他冀望著，大學這堵牆可以將那些會欺負他的人排除在外。

他靠著才剛起步沒多久的推甄，順利進入了台灣的最高學府——台灣大學。

阿發覺得這是第一次，他的名字給他帶來了好運，讓他真的一路發進了大學。

那些豺狼似乎也發現，自己可以把快樂建築在阿發的痛苦之上的日子開始倒數了，所以更是用盡心思來作弄阿發。

好幾次，阿發回過神來，才發現自己被當成大便一樣塞到蹲式的馬桶裡面。

即使他已經毫無知覺，面無表情，不與這些人有任何眼神上的接觸，但他們還是不放過他。

更讓阿發難受的是，那些天性不屬於豺狼的同學們，也會在這些人的影響之下，慢慢顯露出人性本惡的一面。

一種不欺負阿發似乎就不是人似的感覺，一直蔓延在阿發從小學到高三的所有班級之中。

即便他已經如此悽慘，所有人還反倒覺得這是阿發的錯。

有個國文老師曾經在教學講到孟子時，有感而發地說：「孟子之所以會相信人性本善，是因為他沒當過現在的國中老師。」

任何擔任過國、高中老師的人，相信都能體會到人性之中，隱含著獸性的那一面。

學生的殘忍玩笑，有時候比野獸還凶狠。

他們不像野獸那樣殘暴的啃食自己的獵物，但是卻極盡羞辱，而理由也不像那些野獸般，只是為了求生存。

多半都只是為了在別人面前炫耀，表現出自己比較優秀的一面，即便這一面是建立在別人的痛苦上。

阿發咬緊牙關，苦苦撐著，終於讓他「活著」熬到了畢業的那一天。

畢業典禮時，阿發偷偷流了兩滴淚，彷彿……不，人生從此「應該」就可以一帆風順了。

但是，人算不如天算，就在他躲過了那些豺狼的最後一擊，狼狽地爬牆出了校園，就在阿發一邊踏上回家的路，一邊慶幸自己的人生終於轉為晴天，從此一片光明的時候，一台從天而降的冷氣機砸中了他。

阿發的人生就此畫下句點……當然，這是對那些還活著的人來說。

3

阿發永遠不會忘記那一幕，冷氣機成為一片沉重的黑雲，高速籠罩自己，並且砸上自己的那個瞬間。

他很清楚自己死了，這讓他比那些渾然不知自己已經死掉的鬼魂還要好一點，至少讓他可以清楚的摸索死後的世界。

但是，他死時的心情沒有太多仇恨，也沒有太多哀傷，心情很好，這讓他失去了當厲鬼的能力。

他錯過了真正的輪迴，只是單純因為貪玩。

成為鬼的他，拒絕了鬼差的帶領，只想要留下來「教訓」那些曾經欺負過他的人。

他第一個找上的，當然是帶頭欺負他的「強哥」。

阿發記得，有一次上國文課，老師說到，「三日不讀書，面目可憎。」的時候，強哥在下面回了一句，「三日不扁挫屎ㄟ，人生無味。」

全班哄堂大笑。

「挫屎ㄟ」是強哥給阿發的外號，當然不是因為他曾經做過這件事情，而是有一次，他們幾個把阿發抬到廁所，將他丟到馬桶裡，結果阿發沾了一褲子大便，強哥便頒了這個外號給他。

阿發決定找強哥報仇。

阿發已經把一切計畫都想好了，既然一切的恩怨是從廁所開始的，那就應該在廁所解決。

阿發跑到強哥家，並埋伏在廁所裡，準備等強哥上廁所時好好報仇，惡整他一番。

在這之前，阿發已經擬定了各種計畫，像是把屎砸在強哥臉上，或是讓大便不斷溢出馬桶，讓他全身沾滿糞便之類的。

然而，對阿發來說，廁所裡的燈光實在太亮了，所以，每次只要強哥一開燈，阿發就得躲得遠遠的，更遑論實行這些已經在他的腦海裡編織了好幾個禮拜的計畫。

阿發已經躲在廁所附近的暗處五天了，但強哥卻從來沒有摸黑上過廁所。

終於，這個計畫宣告徹底失敗。

既然如此，阿發又另外想了個妙計。

這次他觀察了很久，強哥晚上睡覺是不開夜燈的，是他下手最好的時機。

阿發要趁半夜強哥熟睡時，把他全身上下的衣褲全部扒光，再將他移到馬路上，讓他醒來時，發現自己在大庭廣眾下裸體，嚇得他屁滾尿流。

可惜阿發在偷偷潛入強哥的房間後，才發現憑他的力量連棉被都移不開，這個計畫也只好跟著無疾而終。

終於有一次，在一個月色昏暗的夜晚，阿發和強哥就隔著一條街，兩人面對面。阿發正要衝過去給強哥好看，讓他嘗嘗撞鬼的滋味，誰知道強哥突然像是想起什麼似的，憤怒地大罵一聲三字經，阿發居然頓時動彈不得。

不是被嚇到不敢動，而是強哥的煞氣實在太重了，再加上那憤怒高昂的情緒，導致阿發完全無法動彈。

阿發終於知道，不管是生前，還是死後，自己就是被強哥吃得死死的。

不過，阿發並沒有「完全」放棄他的復仇計畫，既然擒不了王，那些賊也不能放過，阿發將目標轉往強哥身邊的跟班小弟。

如果沒有這些人助紂為虐，強哥說不定也沒有這樣的勢力，更不敢如此為所欲為。

但是，阿發三番兩次去找過去的幾個同學報仇，想要嚇他們，卻搞到自己一身腥。

一會兒在要下手的瞬間，被他們玩的沖天炮弄得自己整整哀嚎了三天，一會兒又是被他們穿過自己的魂魄，陽重於陰，反而讓他噁心了好幾天。

當阿發發現，自己連站在床邊，等待著強哥最爛的一個小跟班醒來之後，好好嚇嚇他的能力都沒有時，他知道，他這輩子是再也報不了仇了。

他嘆了一口超過三天長的氣，然後，失落地消失在茫茫的黃泉街頭。

4

行屍走肉多半是用來形容一個人失魂落魄的模樣，阿發雖然沒有屍肉可以行走，但是，當他知道自己鬼生就這樣了，加上能力不足無法討回公道的時候，他失去了目標，遊蕩在人間，十足成了大家口中所說的孤魂野鬼。

他跟著許多地縛靈，白天躲在陽光與陽氣到達不了的陰暗地道與牆角，到了晚上，跟著許多鬼魂一起遊蕩，一起閒晃。

好一陣子，他根本不知道自己到底要去哪裡，更不知道接下來的路要如何走，他只剩下一種情緒，建構著他的靈魂——不甘心。

他不甘心人生就這樣了，他不甘心自己什麼都做不了。

但是，最讓他不甘心的，是心跳偵測器給他的啟示。

在他被冷氣機砸中之後，阿發被送到醫院中，他的屍體躺在擔架上，所有醫務人員圍在他的屍體身邊，試圖將阿發救活。

而那個接在自己心臟的心跳偵測器，始終維持著一條水平線。

阿發愣愣地看著自己的屍體，耳邊聽著那心跳偵測器的聲音。

當阿發抬起頭來，看到心跳偵測器上的那條水平線時，他忽然明白了。

他的人生就是這樣，一條平線，沒有半點起伏。

或許，再給他十年的時間，他可以讓這條水平線有些許的起伏，但是，那台冷氣機宣判了他的死刑，也剝奪了他逆轉自己命運的機會。

那個水平線烙印在阿發的心中，就好像蓋棺論定的評論般，為自己的一生下了最完美的註解。

阿發一路活到高中畢業，在被眾人圍剿的人生中，他是躲在水泥夾縫中的花朵，他相信，只要不死，他總會有綻放的一天。

他不敢奢望自己的人生會有什麼大成就，但是，在阿發腦中建構出的理想世界中，他幻想著自己的未來一定可以賺大錢，並擁有一定的社會地位。

或許到了那一天，他會請個私家偵探，把這些欺負過他的人找出來，好好「回報」一番。

這個小小的夢，是當時阿發唯一作過的夢，畢竟，他還沒有機會看看學校之外的世界。

然而，這個夢想就算是死後，也無法逆轉與實現。

就是這因為不甘心而無法嚥下的最後一口氣，讓阿發下定決心，不管是大好，還是大壞，總之，他要讓自己的人生，在死後不再是一條水平線。

但是，跟他生前的那場夢一樣，阿發根本不知道自己到底該如何實現這個夢想。

就在這個時候，他聽到了一個傳說，一個天大的傳說。

有這麼一個活人，卻在黃泉界大顯神通，他的名聲傳遍各地。

他打敗了君臨黃泉界的一代女鬼皇武則天，還與威名震天響的張飛、岳飛結拜成為義兄弟。

只要你付得起報酬，沒有他達成不了的委託。

他就是威震黃泉、獨一無二的黃泉委託人——謝任凡。

當阿發聽到這個傳說的時候，他感覺到自己眼前出現了一道階梯，通往天際。

只要登上這道階梯，自己的夢想一定可以實現的。

於是，阿發的人生，不管死前還是死後，終於出現了一個可以實現的夢想，他要成為黃泉委託人的搭檔。

5

曾經聽老一輩的人說過，人的一生不管夢想有多遠，總會有至少一次機會，可以實現。

想不到這句話，用在鬼身上一樣通用。

阿發不知道多少次，來到了黃泉委託人當作根據地的廢棄建築物外，但是，那條馬路是他能接近黃泉委託人最近的距離。

他根本不敢靠過去。

那棟建築物下面的空地，聚集了許許多多比他凶猛數百倍的鬼魂，尤其在那些鬼魂中，有一群小鬼特別愛拿弱小鬼魂的頭顱來玩，更讓他膽戰心驚。

他已經夠可悲了，可不想接下來的鬼生都浪費在找自己不知道被這些小鬼玩到哪裡的頭顱。

所以，他距離自己的夢想，始終隔著一條馬路。

遠遠地看著那棟宛如雙胞胎的廢棄建築，是他實踐夢想的唯一方法。

就這樣，三年的時光過去了。

不過，這三年倒也不算白白浪費，阿發已經徹底摸熟了黃泉委託人的委託。

尤其在鬼月的時候，每年鬼月最後，黃泉委託人都會偕同一個鬼差，四處去確認鬼門的關閉。

於是，今年，阿發四處打聽，想知道哪裡的鬼門有問題。

阿發得知其中一處鬼門似乎有人引起了騷動之後，立刻到那扇鬼門外埋伏等待。

阿發小心翼翼地避開所有在鬼門附近徘徊的惡鬼，躲在角落，靜靜地等待著。

果然，過了一會之後，終於看到了黃泉委託人與鬼差一起前來。

黃泉委託人交代了幾句話之後，鬼差就先前去查看。

這時，連阿發自己都知道，機會就在現在了。

黃泉委託人終於近在咫尺之前！

曾經有過這麼一個作家，夢想自己可以用畫筆畫出動人的故事，等到把一切材料準備好，才發現自己一點美術天分都沒有。

雖然跟過去一樣，黃泉委託人與自己之間只隔著一條馬路，但是兩人之間卻沒有任何的阻礙了。

只要阿發鼓起勇氣走過去，就等於朝夢想跨越了一大步。

可是，阿發卻愣在原地，因為他根本不知道該怎麼跟黃泉委託人說，自己想要跟他成為搭檔的這件事情。

就這樣，阿發再度與自己的夢想擦肩而過。

等阿發回過神來時，那個鬼差又回到了任凡的身邊。

無奈的阿發只好再度躲得遠遠的，看著自己的夢想。

任凡和鬼差相互交談，任凡一臉嚴肅的樣子，儼然就像上司在對下屬交代事情。

阿發開始幻想，總有一天自己會站在這個鬼差的位置，和任凡一起討論重大的案件。

想著想著，任凡和鬼差突然衝進鐵皮屋裡面。

阿發還搞不清楚發生了什麼情況，只見那些在鬼門附近徘徊的惡鬼們，這時全部都圍了過來。

那些惡鬼追到鐵皮屋前，全部不敢進去，或許是因為知道鬼門即將關了，所以，這些惡鬼們都不太想靠過去吧。

就這樣，雙方僵持了一段時間後，鬼魂們逐漸散去。

誰知鬼魂剛散去不久，還沒走遠，又出現了幾個人影。

那群惡鬼還沒離開，眼看著又有活人送上門，立刻又圍了過來。

兩個男人帶著兩名跟阿發差不多年紀的女生，一起衝進鐵皮屋內。

阿發認出了其中一個男人的身影，那就是黃泉委託人的跟屁蟲。

這些日子以來，阿發一直躲在黃泉委託人身邊觀察，當然也發現了這個一天到晚黏在任凡身邊的沒用跟屁蟲。

而另一個男人則身穿道袍，看起來像是個道士。

這下可好了，與黃泉委託人的距離雖然還是只隔著一條馬路，但除了這條馬路，又多了一個道士、一名鬼差，以及一堆連在睡覺都比自己凶猛的惡鬼。

遇到這麼多惡鬼，即使再多一兩個黃泉委託人也奈何不了吧。

這時，阿發想到，如果黃泉委託人被殺了，也會變成鬼魂，說不定反而更容易接近，起碼不用在乎他那以身為人來說，已經算是薄弱到不行的陽氣。

就算還是沒辦法靠近他，至少自己曾經親眼目睹過黃泉委託人遇害的整個經過，還能拿這件事情來炫耀。

就這樣，阿發決定留下來看到最後。

阿發完全不敢吭聲，躲得遠遠的，繼續觀察。

眼看屋外的鬼魂越來越多，屋子裡看起來又完全沒有動靜。

再這樣下去，到了鬪鬼門的時間，外面的鬼魂一湧而進的話，恐怕鼎鼎大名的黃泉委託人也凶多吉少了。

過了好一段時間，鬼魂們也已經分散許多，不再集中在門口，而鐵皮屋終於有了動靜。

阿發看到鐵皮屋的大門微開，是那跟屁蟲與道士。

跟屁蟲和道士都趴低姿態，匍匐前進。

然而，遠遠的，阿發就看到一只屁股大剌剌地暴露在草叢外。

在不知不覺中，緩慢蠕動前進的屁股已經吸引了一堆鬼魂的注意。

看著眼前越來越多鬼魂集中過來，各個面露凶光，一副凶神惡煞的樣子，就連小鬼看起來都比自己邪惡一百倍。

原本位在與屁股相對的另一邊，些微搖擺的草叢堆裡，跟屁蟲突然站了起來，不斷地對著屁股揮手。

跟屁蟲對著屁股大喊的同時，這屁股的主人，那道士，才終於發現他身後早已跟了一堆厲鬼。

道士嚇得隨手插了一根木棍，拔腿就跑。

而跟屁蟲見狀也跟著狂奔，兩人一前一後再度躲進黃泉委託人所在的鐵皮屋裡。

兩人身後，排山倒海而來的鬼魂也隨著接踵而至。

這時，鬼差拉起了一條鎖鏈，擋在任凡等人面前，那些鬼兄弟們就隔著鎖鏈，不斷地張牙舞爪對著任凡他們揮舞著。

終於，鬼門要關閉了，鬼魂開始往鬼門移動。

然而，遠處剛剛那位屁股道士插木棍的地方，有幾隻鬼開始偏離軌道，從那裡鑽了出來。

對於從同一個門出來的鬼魂，其鬼門具有束縛力，但一旦脫離了束縛的範圍，這些一年才放風一次的鬼魂們絕對不會想回去，他們會變成邪惡的厲鬼，活動筋骨，大肆作虐。

身為鬼魂的阿發自然很清楚這一點，眼看這被突破的缺口宛如水壩的裂縫般，所有的鬼魂都從這裡逃了出來，他的第一個念頭就是「快逃」。

眼看眾鬼們就快要逃出這個地方，一把巨大的長柄武器突然從天而降，直直穿過其中一隻鬼的胸口。

所有的鬼魂都被震懾住了，只有一陣豪爽宏亮的笑聲震撼著山谷。

一個豹頭虎鬚，虎背熊腰的彪形大漢站了出來，所有的鬼魂立刻倒退三步。

在這名像屠夫似的男人身後，一名看起來文雅許多的男人也跟著站了出來。

屠夫一拳就能打飛兩隻惡鬼，而他的武器一射出去，就能將四、五隻鬼像燒肉串一樣串在一起。

在屠夫的刺激下，原本溫文儒雅的另一個男人也瞬間變了個樣子，整個頭髮爆飛起來，衝破了頭冠，三兩下功夫就把周圍的鬼魂全都制伏。

這時，阿發看到了一個鬼魂啉的一瞬間溜了過去，獨自往下坡方向奔去。

阿發一方面害怕自己如果繼續留在這裡，被發現的話，很可能會被誤會而送到地獄，另一方面又好奇方才跑掉的那個鬼魂究竟要去哪裡。

考慮了一下，阿發決定跟蹤那個鬼魂。

阿發一路追下山，鬼魂毫不猶豫地往山腳下的道路衝去。

最後，阿發親眼看見，鬼魂直直撞進一輛朝他開過來的轎車裡，接著便消失得無影無蹤。

「哈哈哈哈。」一陣爽朗的笑聲從山上的戰場傳來，阿發知道這又是一次黃泉委託人的完美戰績，他們已經順利將鬼門關上，一切已經平靜下來了。

這是阿發最接近自己夢想的一次了。

6

在這條陰暗的巷子裡，阿發終於停止了他卡陽之後的狂吐。

阿發緩緩的站起身來，天空佈滿了烏雲，緩緩遮住了那輪皎潔的明月。

現在又能如何呢？

阿發問著自己。

大約在半年多前，阿發終於得知，自己可能永遠無法實現這個夢想了。

黃泉委託人已經離去，整個黃泉界不只陷入了騷動，就連阿發的夢想也跟著離去了。

沒人知道他會不會回來，更沒有人知道他現在人在何方。

就這樣吧，乾脆下去報到吧！有好一段時間，阿發這麼告訴自己。

就在阿發下定決心的時候，剛剛那個嘲笑他的鬼告訴他，最近似乎出現了一個不得了的人物。

傳聞中，他是一個警官，就好像那個傳說中的包公一樣，白天審人，晚上審鬼。

他是那個恐怖的旬婆在人世間的唯一乾孫，更是現在大家認定很可能是繼任凡之後上任的黃泉委託人。

這個消息讓阿發振奮不已。

就算自己無法成為黃泉委託人任凡的搭檔，如果可以成為這個旬婆的乾孫的搭檔，似乎也不錯。

下定決心的同時，阿發決定擺脫過去所有的錯。

他不想讓自己再像上次一樣，只能眼睜睜看著任凡離去。

所以，他決定加強自己的能力。

如此一來，說不定真的可以成為那個男人的搭檔。

或許，只是或許，自己跟他兩個真的可以超越那個傳說。

所以，他今天才會埋伏在這條巷弄裡，希望可以上那女人的身，可是，結果那女人沒卡到陰，自己卻卡到陽。

孤獨又陰暗的巷弄裡，除了那個女人之外，就再也沒有任何人出現過了。

天空一片昏暗，烏雲徹底遮住了皎潔的明月，阿發終於可以走出巷弄。

但是，阿發的眼前卻是無比的明亮，他確定了自己接下來該走的道路。

他決定找個厲鬼，學習成為一個凶狠的鬼，然後，去找這個旬婆的乾孫。

第2章．沒有他的世界

1

是夜，天空一片漆黑。

大約在半年前，與今天差不多的那個夜晚，黃泉界引起了一陣騷動。

在那一晚，長達八年的黃泉委託人吹熄了燈號。

沒人知道他的去向，更沒有人知道未來會如何。

整個黃泉界的鬼魂，就好像是在沒有燈塔的夜晚中航行的船隻。

但是，不管如何，時間仍然流逝，世界依舊轉動著。

黃泉界從騷動到緩緩取得平衡，一切就好像八年多前沒有他的世界一樣。

只是，凡走過必留下痕跡，曾經滄海難為水。

世界已經留下了他的痕跡，而現在，在這片平靜的湖面底下，暗潮正洶湧。

在這時，天空落下了第一道雷，敲醒了沉睡的夜，也為接下來即將到來的一場浩劫揭開序幕。

男子隔著落地窗，彷彿在遙望著這道落雷。

落雷所發出的瞬間亮光，照亮了男子的臉孔。

他的雙眼向上吊，張大的雙眼中看不到瞳孔，他的嘴像是上了妝的小丑，不自然的大微笑向左右擴張到鼻子的兩側。

即便在大白天，男子的這副模樣也絕對會讓任何女子花容失色，此刻在落雷的映照之下，顯得更加駭人。

男子不發一語，轉過身去，走到床邊。

床上，一名女子正沉沉熟睡著。

外面開始下起了滂沱大雨，閃電夾雜在其中，遠方更不時傳來震耳欲聾的沉悶雷鳴。

彷彿意識到什麼，女人眼皮跳了幾下，眨了幾下之後，緩緩地張開了雙眼。

剛剛好像有什麼站在窗前。

女人為了看清楚一點，稍微撐起了身體。

她的確看到有個類似人影的影子，就佇立在窗前。

女人見狀，立刻被嚇到清醒。

人影轉過身來，緩緩地朝床這邊走了過來。

女人叫了一聲，坐起身來。

女人想要尋求躺在旁邊的丈夫保護，但是，手伸過去，床上卻空無一人。

就在女人再度放聲尖叫的同時，男子撲上了她，一口咬住了女人的頸子。

就好像電影《食神》中那顆被人一咬就炸裂開來的爆漿撒尿牛丸般，女子的頸子爆出血來。

頸部大量流失的血液讓女人很快就失去了抵抗能力。

在女人暈過去前，女人終於認出那個咬斷她脖子的人是誰了，那個人就是她自己的老公，那個原本應該躺在自己身邊的男人。

台北的街頭，在一次雷鳴之後籠罩在滂沱的大雨中。

沒有黃泉委託人，世界一樣轉動。

一樣的日升日落，一樣的明月高懸空中。

但是，氣氛卻完全不一樣了。

沒有黃泉委託人的黃泉界，一場腥風血雨已經開始醞釀，就連空氣中都充滿了不安的騷動。

2

張輝廉抬頭看著眼前這座不起眼的大樓，內心充滿了緊張的心情。

沒有大家熟悉的警察徽章看板，也沒有斗大的字體標示著這棟大樓的真實身分，從外表看起來，這就好像是一間新興公司所租用的大辦公室。

雖然不起眼，但這可是目前警界的聖地。

由於屢建奇功、屢破奇案，「方正特別行動小組」不斷擴編，不但從原本的兩人小組增加成有組織的三十人大隊，上級還特別撥了這棟大樓，成立「方正特別行動小組搜查室」。

方正為了方便辦事，對警局內部展開了調查，將警界中有陰陽眼的警員全部網羅到麾下，當然，這其中也包括了法醫溫佳萱，而方正有陰陽眼的事情也成了這個小組不能說的秘密。

張輝廉望著大樓，調整一下呼吸之後，才下定決心走進大門。

然而，張輝廉並沒有陰陽眼，不然，他就會清楚的看到，在他進去的同時，有兩個一胖一瘦的鬼魂跟他一樣，抱著忐忑不安的心情，站在旁邊，跟他一樣，一起眺望著這棟大樓。

「你可要考慮清楚啊。」胖鬼對瘦鬼說：「這件事情可大可小，可別說做哥哥的沒有提醒你。」

瘦鬼咬著嘴唇，扭曲的臉色顯現出他此刻天人交戰的心理狀態。

在收了方正這個乾孫子之後，好大喜功的旬婆立刻要人放風聲出去，告訴所有黃泉界的鬼魂，她也有個不輸黃泉委託人的名孫。

旬婆還派了兩個貼身厲鬼，隨伺在方正左右，讓方正跟任凡一樣，有兩個得力的好幫手。

「可是，」瘦鬼沉吟了一會之後，一臉無奈地說：「黃泉委託人已經走了，普天之下能夠幫我的，除了這個旬婆的乾孫之外，又還有誰呢？」

「你知道雲林的那個林老嗎？」

瘦鬼點了點頭，雖然不是挺熟，但是，彼此也打過幾次照面。

「林老他祖墳被人盯上了，他怕自己祖墳不保，所以跑來委託他。」胖鬼雙手盤於胸前，側著頭問道：「你猜怎麼著？」

瘦鬼搖了搖頭。

「他把那群盜墓的趕跑了，但是，也意外引起了火災，將林老的祖墳一把火給燒了，落得林老現在無家可歸，又不敢下去跟先人交代，現在四處流浪，慘死了。」

瘦鬼瞪眼張嘴，一臉難以置信的表情。

「不只林老，好像還有不少人也是同樣的下場。」胖鬼一臉得意地說：「你知道現在道上給他一個名號，叫做什麼嗎？」

瘦鬼無力地搖頭。

「他們叫他——黃泉『偽』託人。」胖鬼說完，顫抖著身上的肉，陰沉沉地笑著。「應該不用我解釋，你也知道原因了吧。你真的要考慮清楚啊，找上他，那等於跟鬼拿藥單。」

兩鬼無言地對望了一眼。

鬼跟鬼拿藥單，這又會是什麼情形呢？

3

當方正回過神來，他發現自己又來到了這個熟悉的地方。

當然，這裡並不是他的目的地。

但是，這些日子，他總會在前往乾媽住處的時候，特別繞來這個地方。

這裡曾經是黃泉界的聖地，黃泉委託人的住所、根據地。

多少鬼魂曾經踏上紅毯，尋求黃泉委託人的協助。

在他與任凡相遇之前，這裡對他來說，只是一個廢棄建築物。

他活在只有活人的世界，沒有來世與今生，更沒有紅、藍、白、黑靈。

但是，在遇到任凡之後，一切都變了樣。

在任凡離去的半年後，方正從來都不知道，自己會如此想念任凡。

或許是因為，他讓自己看到了另外一個充滿驚奇的世界。

也或許是因為，兩人一起經歷了那麼多的事件，產生出來的革命情感。

眼前這宛如雙胞胎的廢棄大樓看起來比過去還要荒廢，畢竟黃泉委託人離開半年後，應該沒有人會想要靠近這個地方。

他緩緩地拿下了太陽眼鏡，即使在大白天，靠著任凡留給自己的靈藥，方正仍然可以看到樓層間有許多鬼影在竄動。

而在右邊那棟大樓的屋頂，那群小鬼仍舊拿著黃伯的頭，來回嬉鬧。

方正有種想要過去跟他們聚聚的衝動，但是他知道，如果他進去，後面那兩個傢伙一定也會跟著他進去，如此一來，肯定會引起不小的騷動。

在車子的後面，有兩個巨漢的鬼魂坐在後座，他們渾身散發著黑氣，面無表情地坐著。

方正戴回太陽眼鏡發動車子，緩緩地駛離這個熟悉的地方。

4

房間裡面一片漆黑，只有大廳中央的一盞燈，直直投射在大廳中央的桌子上。

桌子的兩側，分別坐著一個老婦人以及一對即將步入禮堂的未婚夫婦。

桌子的中央擺著一個香爐，爐中剛剛點燃了一炷香，香煙裊裊上升，在上頭燈光照射下，清晰可見。

道上都叫那個老婦人為「爐婆」，最著名的就是用香替人算命。

這一對未婚夫妻就是在雙親的壓力之下，特地前來讓她批算未來，看看兩人這個選擇究竟是對，還是錯，將來會不會遇到什麼麻煩。

誰知道兩人才剛進到屋內，就立刻被爐婆喝止，莫名其妙地點起了一炷香。

兩人不敢多話，只能靜靜地等著爐婆。

「看！」爐婆指著爐中裊裊上升的香煙，喝道：「煙裡有任何你想知道的答案。」

爐婆說得斬釘截鐵，兩人不作他想，湊上前屏住呼吸，兩人四眼的對著那陣飄渺的香煙猛瞧。

兩人除了被煙燻得快要飆淚之外，什麼「答案」都沒有看到。

「只要心裡想著你要問的問題，」爐婆點著頭，得意地說：「看著煙裡面就會得到答案的。」

兩人聽了，更是卯足全力地看，可是，看到眼珠都快要掉出來，還是看不出半點端倪。

「看不到嗎？」爐婆皺著眉頭問。

兩人相視一眼，一起搖了搖頭。

「唉，那是你們沒有慧根。」

爐婆一抬起頭，張開嘴正想要瞎掰，一道冷冷的視線讓她張大了嘴，說不出話來。

「本、本來我是可以幫你們看啦，」爐婆突然慌張起來。「不、不過今天我身體不太舒服，所以，你們還是先走吧，改天……對！改天再幫你們看。」

兩人丈二金剛摸不著頭腦，雖然早有耳聞爐婆的性格怪異，但是，他們渾然不知到底是什麼地方惹得她不高興。兩人正想多求幾句，只見爐婆揮了揮手，要兩人趕快走。

兩人站起身來，才發現原來門口走進來了一個高大的男子。

只見那男人一臉不爽地瞪著爐婆，兩人也察覺到情況不太對，立刻三步併作兩步，相擁跑了出去。

爐婆草率地趕走了兩人，瞪了方正一眼。

「乾媽，妳別再這樣了，如果妳缺錢，可以跟我說，我會匯點生活費給妳的。」

「哎呀，你把你乾媽我當成乞丐嗎？我有手有腳，又有高超的法術——」

方正打斷爐婆。「是騙術吧？」

「去去去，我又不是不會幫他們看。如果太嚴重的，我還是會跟他們說。你要了解這是一種未來保險，被我騙表示你未來沒什麼不妥，也算是一種消災解難。」爐婆一臉得意。

方正無奈地搖了搖頭，將買來的一些生活用品放在桌上。

「你該不會是要來唸我的吧？」爐婆側頭朝方正後面看了一眼，問道：「怎麼？這次那個女孩沒有陪你來啊？」

方正搖搖頭。

爐婆挑眉，一臉調皮地說：「怎麼啦？小倆口吵架啦？」

「什麼小倆口？我跟她沒什麼的，乾媽，妳就愛亂說。」

方正白了爐婆一眼，然後，逕自在對面坐了下來。

「乾媽，」方正皺著眉頭，一臉慎重地說：「妳可不可以跟乾奶奶說，把這兩個收回去？」

方正指了指自己身後那兩隻身材魁梧壯碩，一臉煞氣又冒著黑煙的男鬼。

「你該不會想要拒絕乾奶奶送你的大禮吧？」

「這算什麼大禮？」方正臉紅脖子粗地叫道：「這兩個恐怖的跟蹤客連我上廁所都跟著，上廁所耶！搞到現在，佳萱都不敢跟我出去吃飯了。」

身後那兩個面無表情的黑靈仍舊面不改色地杵在原地。

「喔喔喔。」爐婆笑著說：「你還說你跟她沒什麼，你看看你，不能約會就急成這樣。」

「乾媽，妳說到哪裡去啦？她現在是我的組員，我們一起吃飯也是應該的啊。」

「嘿嘿，乾媽知道，乾媽知道。」爐婆點著頭說：「我跟他們溝通一下，要他們別在你約會的時候，干擾到你的女伴。」

「不是啦，我不只是這樣啦，我希望……」

方正的話還沒有說完，只見爐婆臉一垮，冷冷地說：「死小子，不要得寸進尺，這種禮物可不是你說退就可以退的，再說，我乾媽也就是你的乾奶奶，是這陰陽兩界，你最不會想要退還她禮物的人。」

兩人針鋒相對地互瞪了一會，方正重重地嘆了口氣，站起來一轉身，就想要離開。

「耶，臭小子，你要去哪？」

「回局裡啊，既然乾媽妳都這麼說了。」

爐婆皺著眉頭說：「既然都來了，還不去見一下乾奶奶？你想害我被唸死嗎？」

方正一聽，刷地臉色驟變。

開什麼玩笑？自從上次見到她之後，到今天都沒能好好睡過一覺。

「有、有這個需要嗎？」方正聲音顫抖不已。「我、我們真的需要那麼常見面嗎？」

「你從上次結乾親之後，到現在都沒有向乾奶奶問安。」爐婆一臉責備地說：「每次都跟我說局裡有事，你是不是要逼得乾奶奶親自找人去找你，你才肯見見她啊？」

「呃……」

「要是這樣，那也沒關係喔。」爐婆聳了聳肩，說：「我今天晚上再跟她說。」

「不！我見，我見！」方正緊張地揮著手。

□

被旬婆上身的爐婆緩緩地抬起頭來。

那張扭曲又雙眼上吊的恐怖模樣，不管看幾次，都會讓方正感覺到毛骨悚然。

「乾奶奶。」方正想盡辦法讓自己的聲音不要顫抖。「乾孫方正跟您請安。」

「嘿嘿。」旬婆聳著爐婆的肩膀，笑著說：「好，好，聽乾女兒說，你工作很辛苦，一直都沒來見我，害我都想找人把你抓下來，好好跟你聚一聚了。怎麼樣？最近好嗎？」

旬婆的話彷彿一把冰刀，直直地刺入方正的心臟，讓方正感到連心臟都因為過於害怕而不敢跳動。

方正僵硬地點著頭，說：「好，好。」

「嗯，過得好就好。」旬婆得意地說：「我已經派人放風聲出去了，說你白方正是我旬婆的乾孫，要大家照子放亮一點，哪個鬼敢得罪你，下來就不要想出去。」

「應該、應該不會有鬼跟我過不去，畢竟我又不是真的有陰陽眼，跟鬼不太打交道的。」方正說：「我又不像任凡是黃泉委託人。」

「哼，話不能這麼說，你既然已經認我為乾奶奶了，我們的陣容跟名聲就不能比他們孟氏一家三口弱。」

「可是，」方正畏縮地說：「真的有必要特別派這兩個人給我嗎？我覺得很彆扭。」

「嗯？又不是女孩子家，你跟人家彆扭什麼？」

「不管我到哪裡，他們兩個都跟著我，就好像背後靈那樣。」

「他們本來就是背後靈啊。」旬婆皺著眉頭說：「你不要小看他們兩個，在無顏鬼不在的這段時間，可是他們兩個幫我看守奈落橋的，不知道有多少無惡不作的惡魂被他們兩個三兩下就解決了。」

「這就是問題了。」方正搔著頭說：「我根本就不會遇到那些惡魂啊！他們跟著我，惡魂沒遇過半個，可是……」

方正欲言又止地掙扎了一會兒。

「可是什麼？」

「我想要追求的那個女生有陰陽眼，她現在根本不敢跟我出去了。」

旬婆一聽，向後一仰，臉上露出有點邪惡的笑容。

「好，你這樣說，乾奶奶就懂了，」旬婆摩擦著手，說：「放心，他們兩個今天就會離開。」

方正聽到旬婆這麼說，大大地呼了一口氣，想不到這種對長輩很有用的藉口，陰陽兩界都共通。

這些日子的夢魘終於告一段落了，回想起這段被這兩個巨大黑靈如影隨形的經驗，真的是一場恐怖的噩夢。

那天，方正終於獲得了解脫，可是，他卻萬萬也想不到，真正的夢魘現在才開始。

5

張輝廉緊張地看著眼前的一切，仍然有種不真實的感覺。

想必古早的老百姓即將進入皇宮去覲見皇帝，大概就是現在自己的心情吧。

這裡的一切，要追溯到大約一年多前開始。

一個原本默默無聞的小警員，竟然可以獨立偵破連許多菁英組成的特別調查組都無法偵破的「張樹清警官謀殺案」，一個傳奇就這樣出現了。

這一兩年內，傳奇的主人翁白方正警官一路偵破了許許多多懸案，成為警界的英雄風雲人物。

警政署還特別為他成立了方正特別行動小組，直屬於署長，特別用來支援各大分局所面臨到的各種難案。

簡直就等於方正一個人就做到了美國 FBI 那個龐大組織的所有工作。

而這裡，就是最新擴編之後的方正特別行動小組的指揮中心。

對張輝廉這樣的小警員來說，這裡簡直就像皇宮一樣神聖、神秘。

張輝廉緊張地坐在等候的椅子上，大氣都不敢喘一下。

等了不知道多久，外面一陣騷動，似乎是方正回來了。

方正一進門，佳萱迎上前去，看了看他的身後，果然已經不見那兩隻巨大黑靈的身影。

佳萱甜甜地笑著說：「恭喜，你終於擺脫那兩位男性粉絲了。」

「什麼粉絲？」方正白了佳萱一眼。

「那兩個又粗又壯的大黑靈啊。」佳萱笑著說：「說到粉絲，又有一位你的粉絲正在等你呢。」佳萱指了指坐在走廊盡頭的張輝廉。

「啊？」

「他是分局長派來的警員，有案件希望我們協助。」佳萱說：「他一上來就好緊張，一直說他有多崇拜你之類的話。」

方正轉過頭去，看向張輝廉。

遠處，張輝廉也剛好正看著方正。

就是他！

張輝廉張大了雙眼，感覺整個世界都因為他而慢下來。

就好像賭神登場的時候，總是玉樹臨風，一切都變成慢動作。

此刻，在張輝廉的眼中，方正緩緩地走了過來，就好像賭神那般意氣風發。

想不到自己可以親眼看到傳說！

張輝廉感覺到自己渾身都在發抖，眼眶裡似乎有淚水正在打轉。

看到方正靠過來，張輝廉立刻立正站好，舉手敬禮大聲地說：「白學長，你好！學弟張輝廉很榮幸可以見到你！」

方正被張輝廉這一叫，嚇到整個人都差點滑倒，勉強站穩了之後，苦笑地拍了拍張輝廉的肩膀。

方正狼狽地笑著說：「好，好，你也好。」

方正招呼著張輝廉，向裡面的會議室走，其他隊員也跟著走了進去。

「白學長，你好，」張輝廉站在整個小組面前，一臉好像參加演講比賽般緊張的模樣。「這次我會來這裡，是因為我們分局接到了一個非常離奇的案件，在分局長請示署長之後，署長允許我們尋求特別行動小組的協助，所以，署長派我來向各位簡報這次的案件。」

「別那麼緊張，慢慢說。」方正苦笑地說。

張輝廉尷尬地笑了一下，點了點頭，繼續說：「大約一個禮拜之前，有一個男子跑進我們轄區的分局，大喊著要我們幫幫他。」

張輝廉為所有人都準備了一份資料，所以，當他這麼說的同時，所有組員都低下頭去看資料。

「那名男子叫做洪明哲，因為他的情緒很亢奮，看起來有點精神異常，尤其是他一直重複說著什麼如果另外一個男人死了，下一個就要輪到他之類的話。」

資料裡有附上洪明哲的照片，裡面詳細記載著他的資料，資料顯示他是一個擁有正當工作的一般公民，並沒有任何前科，也沒有精神方面的疾病史。

「我們同仁試圖想要讓他冷靜下來，並勸他回家，誰知道他堅持不肯，到後來沒辦法，我們覺得他精神方面可能有點異常，所以想要找醫生來，誰知道那時候他突然抓狂，動手開始摔東西、打人，我們不得已，只好把他關進拘留室。」

聽到張輝廉這麼說，小組裡有人點了點頭，表示認同。畢竟一個有點瘋狂的男子跑到警局裡胡言亂語，大概在場的所有人都會做相同的處理。

「在小隊長的指示之下，我們也進行了一點例行的調查。因為這位洪先生一直提到另外一個名叫陳力言的男子，再三堅持只要這個男人一死，下一個就輪到他了。於是，我們向洪明哲要了一些他的基本資料，才知道原來這個洪先生根本不認識陳力言這個人，只知道他的一些特徵，像是在銀行上班之類的資料。於是，我們透過了戶政系統，好不容易找到了陳力言，是個住在台中的銀行行員。」

陳力言的資料也附在資料裡，大家翻到了那面，仔細看著上面的資料。

「我們聯絡了台中的分局，希望他們可以幫忙查看一下，誰知道當台中警方找到他的時候，他已經遭人殺害了。」

「那時候，洪明哲人呢？」方正問。

「因為相隔不到十二小時，所以，他這段時間一直都待在我們拘留室裡。」

張輝廉這麼一說，大家都皺起了眉頭。

「在我們得知陳力言的死訊之後，我們到拘留室想要告訴洪先生，誰曉得洪先生早已經知道了，而且他知道的原因是……」張輝廉停頓了一會，臉上露出有點驚恐的表情，繼續說：「在拘留他的那間拘留室的地板上，有、有一排用血寫成的字，寫著『輪到你了』。」

所有人先是一愣，然後翻了翻手上的資料，果然見到了一張地板的照片，上面有著血跡清晰地寫著「輪到你了」四個字。

「我們請鑑識人員去調查那個血字所用的血，結果出來後，發現那些血竟然是屬於死者陳力言的。」

聽到這裡，大夥開始有些人低頭不語，有些人開始小聲討論起來。

「洪先生整晚都在拘留室，我們也查過了，他並沒有夾帶任何可能裝有被害者血液的物品。」張輝廉說：「所以，分局長在考慮之後，希望我們可以向方正特別行動小組尋求協助，也獲得了署長的認同，情況大概就是這樣。」

張輝廉報告完畢之後，站在原地，其他所有人也轉頭看著方正，準備等他發表自己的意見。

方正沉吟了一會，緩緩點了點頭，說道：「我想見見那個洪先生。」

6

偵訊室裡，洪明哲宛如脫了魂的軀殼，愣愣地坐在那裡。

因為他的關係，整個分局的氣氛都十分低迷。

雖然現在的科技十分進步，但是，仍然有許多科學無法解釋的事情。

這就是為什麼不管如何講究科學辦案，各個警局還是有關公的神像，大家還是擁有自己的信仰的緣故。

洪明哲的案子，分局裡的所有人都覺得有些邪門。

其他的不說，光是拘留室地板為什麼會出現血字，就夠讓人倒抽一口氣了。

監視畫面顯示，那晚拘留室前，沒有任何可疑人物進出，更別說進到拘留室裡，大剌剌地在地板上留下那些血字。

不過，塞翁失馬焉知非福，正因為這個詭異的案件，才讓分局可以請來大名鼎鼎傳說中的「方正特別行動小組」大駕光臨，前來協助辦案。

方正帶著佳萱與其中一個隊員阿山，在分局長率領全分局警員的熱情迎接之下，來到了分局。

方正等人折騰了好一會，才來到這間偵訊室外。

「學長，那位洪先生就在裡面。」張輝廉說。

方正點了點頭，交代阿山在外面等待，自己跟佳萱偕同張輝廉一起進到偵訊室裡。

張輝廉向洪明哲介紹完方正之後，再三強調方正絕對是可以幫助他的人。

洪明哲無神的雙眼上下打量了一下方正，無力地搖了搖頭，說：「你們走吧，沒有人可以幫我了。你們要是願意相信我，就可以阻止他死了。現在他死了，下一個就是我了。」

「別這麼說，你現在很安全的。」張輝廉試圖安慰洪明哲。

洪明哲緩緩地搖了搖頭，說：「算了，普天之下能夠幫我的人，就只有黃泉委託人了。」

聽到洪明哲這麼說，張輝廉還來不及回答，方正與佳萱異口同聲地說：「什麼？黃泉委託人？」

第3章・借婆登場

1

方正與佳萓在聽到了洪明哲竟然提起黃泉委託人，還在整理腦海中的情緒。

黃泉委託人這個名號，雖然在黃泉界是響叮噹，就像台灣人幾乎都知道蔡依林或林志玲一樣有名氣，但是，在人間界卻幾乎沒有人知道，畢竟他不接活人的委託，活人知道他又有什麼意義？

然而，現在洪明哲卻提起了黃泉委託人，方正很懷疑洪明哲到底是從哪裡聽來的，又知道多少關於任凡的事情。

看方正沒有反應，一旁的張輝廉卻已經按捺不住，挺起胸膛，為自己的偶像大聲辯駁道：「聽著，我不知道你剛剛說的什麼委託人有什麼了不起，但是，現在在你眼前的這位警官，是當今我們台灣最有能力的警員，我不相信那個什麼委託人可以解決任何我們白警官解決不了的事情。」

佳萓聽了，暗自覺得好笑，拿方正來比任凡，這不是等於拿電燈泡比太陽嗎？

可是，考量到方正就在眼前，也考量到現在方正對整個警界所代表的意義，佳萓也只能盡可能的憋住不笑。

洪明哲聽到張輝廉的辯駁，有氣無力地抬起頭來，重新打量一次方正。方正除了特別高大之外，實在看不出有任何像張輝廉剛剛所說的模樣。

「算了吧。」洪明哲嘆了口氣，說：「如果你們一開始就相信我，幫我阻止了那個陳力言的死，我現在也不會在這邊坐以待斃。我就是相信你們警方，結果咧？你們除了把我關起來之外，有幫到陳力言嗎？」

聽到洪明哲這麼說，張輝廉頹喪地低下頭。

「你責怪他們也不合理啊，」佳萱皺著眉頭，說：「你像個無頭蒼蠅衝進來，事情沒頭沒尾地說，只說陳力言死後下一個就是你，你希望他們能怎麼做呢？他們也立刻幫你找到了陳力言，可是為時已晚，這樣把責任都推給他們未免太不通人情了。」

「隨便妳怎麼說，」洪明哲撇過頭去，看著張輝廉說：「既然人已經死了，現在我可以走了嗎？」

「這……」張輝廉轉向方正與佳萱，眼神充滿了求救的訊息。

「走？」佳萱搖搖頭：「你自己都說，你就是下一個了，有什麼地方比警局更安全的？更何況，很明顯的，這件案件你已經或多或少牽扯在其中，起碼得要讓我們搞清楚一些事情才行。」

洪明哲挑起了眉毛，似笑非笑地說：「搞清楚什麼？你們會相信嗎？我光是告訴你們，陳力言死後下一個就是我了，你們都那麼無法接受了，我相信在你們心中的那堆問題，我所能回答的答案，會更加讓你們難以置信。」

這時，一直靜靜在旁邊默不吭聲的方正，突然開口問道：「你是怎麼認識黃泉委託人的？」

「認識？」洪明哲輕蔑地笑了一聲。「誰說我認識了？」

「你剛剛不是才說，普天之下能夠救你的人，就只有黃泉委託人了？」

「這算認識嗎？我之所以要你們放我走，就是想要去找他啊。我現在連他是男、是女，到底在北、還是在南，都還不知道。」

「你既然不認識他，又怎麼知道有這一號人物？」

洪明哲沉吟了一會：「我不想說。」

方正等三人面無表情地看著洪明哲，擺明了一定要他回答這個問題。

洪明哲掙扎了一會，拍著桌子說：「夢！可以了吧？我爸托夢給我，告訴我，如果我還想活命，就去找黃泉委託人。」

聽到洪明哲這麼說，一旁的張輝廉「哈」的一聲笑了出來，可是，方正與佳萱卻是一臉凝重，沒有半點笑意。

張輝廉看到兩人的表情，竟是絲毫沒有半點笑意，原本想要發表的意見就這樣硬生生吞回去。

佳萱說：「我覺得，你還是把事情整理一下，從頭說起會比較好。」

洪明哲重新掃視三人，平復了一下心情之後，緩緩地開口說：「你們相不相信有鬼？」

聽到洪明哲這麼說，方正與佳萱互視一眼。

方正回過頭來，示意要張輝廉過來，張輝廉靠過來後，方正小聲對張輝廉說：「請你到外面跟我的組員說，我要他幫我準備好我交代的東西。」

張輝廉點了點頭，問道：「他知道是什麼東西嗎？」

「嗯，你這麼說就可以了。」

張輝廉點頭之後，轉身走出偵訊室。

其實，這是方正與其他特別小組成員之間的暗號。

方正花了很多時間，網羅了所有警界中有陰陽眼的同仁，就是為了讓行動時更加便利。在類似這樣的時候，只要張輝廉告訴外面的成員阿山這句話，阿山就會知道，這個暗號是要他想辦法支開所有人，讓任何人都不要靠近方正所在的地方。

等到張輝廉出去之後，方正緩緩拿下了太陽眼鏡，笑著說：「你身後站著那個老老的男人，應該就是你爸吧？」

洪明哲聽到方正這麼說，猛一回頭，果然看見自己往生多年的老父，就站在窗邊，面無表情地看著自己。

「你說，我們相不相信有鬼呢？」方正笑著說。

2

「我並不是一出生就有陰陽眼的。」洪明哲低著頭說：「我的陰陽眼大概是……詳細的日子我記不清楚了，但是，大約在六、七年前，有一天我睡醒之後，突然就有的。」

方正與佳萱互看一眼，這的確是很不尋常的事情，雖然說有些人的陰陽眼的確是後天的，但是，多半都是經歷過什麼特殊的事情，像這樣突然說一覺醒來就有，還真是讓人感到莫名其妙。

「我不知道你們的情況是如何，」洪明哲一臉哀怨地說：「但是，對一個不是天生就有陰陽眼的人來說，這七年簡直就像是人間煉獄。就算到了今天，我都還不太能夠適應。」

聽到洪明哲這麼說，方正點頭如搗蒜，畢竟他跟洪明哲一樣，不，他甚至還需要靠任凡留給他的寶物，才能夠擁有這個讓人感到恐懼的能力。

「可是，這整場的噩夢是從大約三個月前開始的。」洪明哲說：「我開始夢到一些不認識的人。」

方正與佳萱靜靜地聽著，洪明哲述說著這長達三個月的噩夢。

距今大約三個月前，洪明哲幾乎每天只要一入睡，就會夢到自己與兩個不認識的人被一個黑影追殺的場景。

那個黑影就好像一個巨大的人，只是渾身散發著黑氣包圍著，讓他看不到黑影的五官。

被追殺的人除了洪明哲自己之外，另外有兩個人，其中一個是五十多歲的婦人，另外一個就是陳力言。

每天晚上的夢境都是一模一樣，首先，那個黑影會在都市之中追殺著三人，不管三人怎麼逃，最後都會被黑影制伏。

黑影會把他們三個人綁起來，然後，依照老婦人、陳力言、洪明哲的順序，一個一個將他們殘殺。

就在洪明哲感到不堪其擾，大約在一個多月前準備求助於醫生的時候，夢境突然消失了。

原本還以為，這一切都只是一場夢，就在洪明哲逐漸放心下來的時候，他看到了一則電視新聞。

那個在他夢境之中與他一起被追殺的老婦人，真的被人殺害了。

洪明哲開始相信這一切都是真的，他又開始不斷夢到自己已經過世多年的父親，偶爾還會看到老父親出現在自己周遭。

父親一而再、再而三的告訴他，這一切都是真的，只要另外一個叫做陳力言的男子一死，接下來就會換他。

於是，洪明哲打算要找到這個陳力言。

可是，茫茫人海，洪明哲對這個陳力言的認識，也僅止於當初的追殺夢境之中，依稀記得他似乎是個在台中擔任銀行員的上班族。

就在洪明哲一籌莫展的時候，父親托夢給他，告訴他說一切都已經來不及了。夢中的老父告訴洪明哲，陳力言今晚就會被殺害，下一個就會輪到洪明哲了，他告訴洪明哲，如果還想要活命，就一定要去找黃泉委託人。

洪明哲一醒來，害怕到極點的他，經過了一番掙扎之後，決定到警局報警。

接下來就是一陣混亂，一直到現在方正與佳萱坐在他面前為止。

「事情的經過大概就是這樣。」洪明哲哭喪著臉，轉過頭去，看著自己的父親說：「眼下我只能相信自己的父親，去找那個黃泉委託人了。」

「我跟黃泉委託人曾經有過一段合作的經驗，」方正的臉色有點尷尬地說：「所以，我跟他還滿熟的，可是……他現在人不在國內，他在半年前已經前往歐洲，目前沒有人知道他去了哪裡。」

洪明哲聽到之後，哭喪著臉，垂下了肩，絕望地問：「那我現在該怎麼辦？」

「我現在讓你回去，但是，請你不要亂跑，我會派幾個執勤的警員保護你的安全。」方正說：「在這段期間，我會幫你去找找黃泉委託人，至少看看有沒有辦法可以聯絡到他。」

聽到方正這麼說，洪明哲用力地點了點頭。

原來還以為，不可能會有人相信這些天方夜譚，萬萬想不到，警方居然有這種人物，可以完全理性地聆聽他這荒唐的故事。

「有狀況就打電話給我，我會以最快的速度到你那邊，你不用擔心。」方正遞了張印有自己電話的名片給洪明哲。

「還好。」洪明哲肩膀顫抖，低聲握著方正的手，哽咽地說：「當初決定來報警，果然是正確的決定。謝謝，你果然跟剛剛那個警察說的一樣，是台灣最好的警官。」

3

以方正過去跟任凡合作的經驗來說，能夠像這樣連續殺害他人的鬼魂，除了紅靈，就非黑靈莫屬了。

但是，他曾經聽任凡說過，紅靈多半是因為執著的情緒，才會為了排除障礙而殺人。

這案件中已經死亡的兩個人，都與洪明哲互不相識，甚至連生活圈都彼此不同，有男有女，有老有少，實在很難將他們連在一起，成為紅靈共同的目標。

如此一來，黑靈的可能性非常高。

如果真的是黑靈的話，那麼，能夠對付這案件的人，就非任凡莫屬了。

但是，任凡為了找尋自己生母靈魂而前往歐洲，沒有留下任何聯絡的方式。

現在也只能先碰碰運氣，到任凡的住所去看看，看看那些徘徊在住所的鬼魂們，有沒有辦法可以聯絡得到任凡了。

於是，方正帶著佳萱回到了這個熟悉的場所。

那兩棟宛如雙胞胎的雙子大樓，在人世間，只是別人連正眼都不會看上一眼的廢棄建築，但是，在黃泉界，這卻是個重要的地標。

這裡，就是名震黃泉界的黃泉委託人根據地。

然而，在黃泉委託人已經歇業的現在，這裡比起先前當然冷清了許多。

但是，任何只要擁有陰陽眼的人，只要經過這裡，絕對會加快腳步，甚至繞路離開。

這裡仍然有許多盤踞於其上的鬼魂，讓這裡即使沒有了任凡，一樣熱鬧非凡。

樓下，在兩個大樓之間的中庭，除了有許多跟人一樣高的雜草，還搭建了一個高台，整天在唱著傳統戲曲。

許多幼年就夭折的嬰靈與孩童在各樓層之間相互奔走遊玩，而老一輩的鬼魂也聚集在角落下著棋，另外一頭也有人圍著桌子打起麻將。

這是不管任凡在不在，都應該有的景象。

但是，當方正偕同佳萱一踏入這裡的時候，立刻感覺到不同。

只見所有鬼魂全部聚集在一樓，全部抬著頭，看著任凡的辦公室。

就連那個萬年戲班也停下了好戲，跟著大家一起仰望。

記得昨天經過的時候，這邊還是與平常沒什麼兩樣。

但是，現在就連那些玩頭的小鬼也紛紛躲在黃伯的身後。

方正與佳萱互看一眼之後，來到了黃伯跟前。

「黃伯。」

任凡在離去之前，將這裡交給了黃伯。所有鬼魂的糾紛與調解，在任凡不在的現在，都得聽黃伯的。

黃伯看了看方正與佳萱，點頭向兩人打了聲招呼。

「發生什麼事情了嗎？」

「嗯。」黃伯緊皺著眉頭，說：「發生了一件不得了的大事。」

「怎麼了？」

「來了一個不得了的大人物。」黃伯吞了口口水說：「現在大家不知道該怎麼辦？」

「到底是什麼人來了？」

黃伯左右張望了一會，輕聲地說：「黃泉的借婆。」

方正與佳萱異口同聲：「借婆？」

「噓。」黃伯緊張的示意兩人不要那麼大聲。

被黃伯緊張兮兮的模樣影響，方正壓低聲音問：「這個借婆是什麼來頭？」

「她就是人稱黃泉三婆的借婆，與你的乾奶奶旬婆、任凡的乾奶奶孟婆並稱三婆之一。」

黃伯這麼說，方正立刻感受到對方來頭之大，驚恐地跟著其他鬼魂看著樓上。

「相傳借婆是黃泉界中最有權勢的女人。」黃伯接著說：「傳說中，平均每兩個鬼魂，就有一個跟借婆借過東西。」

「借東西？」方正狐疑地說：「你們鬼魂很缺東西嗎？」

「當然不是你們想的那樣。」黃伯皺著眉頭說：「反正等你們當鬼之後，你們就會了解了，不過大部分來說，她跟任凡差不多，也都是接受鬼魂們的請求，實現他們的願望之類的。」

方正似懂非懂地點了點頭。

「那她為什麼現在會來這邊？」方正問：「她是來找任凡的嗎？」

黃伯搖搖頭說：「不是，我們也沒人敢去問她。」

「所以，她是來要債的嗎？」

黃伯仍然聳聳肩，表示自己真的不知道。

佳萱在一旁問道：「大家跟她借東西，需要還嗎？」

「當然要！」黃伯激動地說：「當借婆開口要債的時候，哪個鬼敢不還啊？」

「喔？」佳萱一臉很有興趣地問：「不還會怎樣？」

「我借婆要討的債，」一個陌生且略帶點沙啞的婆婆聲音，從方正與佳萱身後傳來。「沒有討不到的。」

兩人聞言，緩緩地轉過頭去，果然見到一個個頭嬌小，手拿著拐杖的老婦人站在後面。

眼看借婆瞬間出現在眾人身後，所有鬼魂一溜煙全部逃光光，只剩下方正與佳萱兩人沒辦法像鬼一樣瞬間逃跑，只能杵在原地。

方正已經嚇到呆掉，宛如一根木頭似地插在地上，動也不動，而一旁的佳萱則是禮貌性地點了點頭，向借婆打了聲招呼。

「你們左一句借婆，」借婆凝視著兩人，板著臉說：「右一句借婆，是在說我的壞話嗎？」

方正死命地搖動著顫抖的雙手。

「我們是這裡的屋主，黃泉委託人的朋友。」佳萱回答：「這次我們來，本來是想要找任凡。」

借婆聞言，沒有回應，只是靜靜地看著兩人，彷彿在打量著兩人。

一開始，方正不懂借婆在看什麼，後來想到了剛剛黃伯跟自己說的關於借婆的傳說。

「妳這樣看我們，」方正畏怯地問：「該不會我們有跟妳借過東西吧？」

「你沒有。」借婆揮揮手說：「不過，她就……」

借婆轉過頭去看著佳萱，這讓方正也跟著轉過頭去看著佳萱。

「我？」佳萱挑眉，一臉疑惑地說：「我跟妳借過什麼？」

「哼。」借婆輕蔑地笑說：「時候到了，妳自然會知道。」

佳萱被借婆這一說，真的只覺得一陣莫名其妙，正想要再追問，借婆卻轉過身去，揮了揮手，說：「你們放心，我不是來找你們討債的，我是上來處理一些事情，所以，在這段期間，我會待在這邊。」

兩人不敢多說什麼，只見借婆凌空飛起，消失在任凡的辦公室中。

方正感到一陣暈眩。

沒辦法聯絡到任凡，換句話說，方正也找不到人可以對付黑靈。

而現在，在這任凡的故居又來了一個好像很恐怖的人物，佔據了任凡的根據地。

一種不好的預感，在方正的心中慢慢擴散開來。

4

借婆走入黃泉委託人的辦公室。

因為主人的離去，辦公室的桌子上蒙上了一層薄薄的灰。

這些年來，任凡除了這塊地之外，幾乎整個辦公室裡的東西都是從委託得到的。在任凡從業的這幾年之間，生意絡繹不絕。當然，隨著任凡名聲越來越大，這間辦公室也收藏了越來越多珍奇異寶。

但是，對任凡來說，這些終究都是身外之物。

借婆大剌剌地坐在任凡的位置上，轉過頭瞄了貼在牆上左右兩側，那著名的黃泉委託人六大原則。

兩側牆上白紙黑字寫著「黃泉委託人的六大不接原則」。

「一、沒有酬勞或利益的工作不接；

二、牽扯到雙鬼之間恩怨的工作不接；

三、抓替身、找替死鬼的工作不接；

四、會因此惹禍上身的工作不接；

五、破壞天理循環、傷風敗俗的工作不接；

六、與黑靈打交道的工作不接。」

借婆的眼光停留在其中一條：「破壞天理循環、傷風敗俗的工作不接。」

這條規則前的一項「天理循環」，指的正是因果輪迴，而在這方面，正是借婆的強項。

這條規則是任凡在從業一陣子之後才加上去的，當然為了什麼事情，借婆非常清楚。

「哼，寫得好像你真的有做到似的。」

借婆搖了搖頭，手上的杖往地上一敲，咚地一聲悶響，牆上的那些原則只有第五條從中裂開，其他都完好如初。

借婆靜靜地閉上雙眼，彷彿在等待著什麼，動也不動地坐在椅子上。

5

好像聽到了什麼聲音。

洪明哲緩緩坐起身來。

屋內一片寧靜，只有隔著窗戶的窗外，傳來有著一般都市夜生活的淡淡喧鬧。

從那天起，世界變得再也不一樣，每天都讓洪明哲感到疲累。

記得是在一個連月光都被遮蔽的漆黑夜晚，洪明哲做了一場可怕的噩夢。

他突然驚醒，卻不記得夢的內容究竟是什麼。

渾身冒著冷汗，不斷發抖的洪明哲，只知道自己差點停止了呼吸。

四點半，在這種不早不晚的時間起床最痛苦。

洪明哲躺在床上，兩眼發直，想睡也睡不著，想起床卻又覺得筋疲力竭。

即使是噩夢，也不應該會讓自己累到全身無力，就好像真的親身經過什麼劇烈的運動似的。

雖然很清楚這是太累所導致的，跟人家所謂的鬼壓床症狀不太一樣，但他就是無法順利起身。

瞪著天花板，洪明哲的眼角餘光似乎瞄到了什麼東西。

連轉頭都覺得費力，洪明哲斜眼看向旁邊。

床緣竟然露出半顆頭望著自己。

這時，再也管不著有多疲倦，洪明哲嚇得滾落床下，躲在床的另一邊，久久不敢抬頭起身。

不知道過了多久，洪明哲終於鼓起勇氣，相信自己應該是太累了，才會眼花。

他偷偷探出頭來，就像剛剛看到的那半顆頭一樣，懸在床緣窺視。

呼，果然沒什麼，洪明哲深深地吐了一口氣。

感覺好像有什麼東西碰到他的頭頂，洪明哲抬起頭來看。

兩顆瞪大的眼珠就這樣近距離與洪明哲對眼相望，一頭長髮垂落到洪明哲的頭頂上。

一個女人就站在洪明哲的背後，低著頭從上往下看著他。

洪明哲嚇得驚叫了一聲，旋即暈了過去，一直到隔天中午才醒過來。

之後的日子，洪明哲幾乎每天都要在被嚇得魂飛魄散中度過。

原本再平凡不過的他，從那天起，竟莫名地有了陰陽眼。

洪明哲揉揉眼睛，拖著勞累的身心，四處尋找剛剛聽到的聲音是從哪裡來。

他看向窗外，外面依舊車水馬龍，霓虹燈閃爍，還有員警在附近巡邏，讓洪明哲頓時安心了許多。

但剛才的聲音是突來的噪音，那並不是每天聽習慣的都市喧譁。

該不會是有什麼不速之客鑽進家裡來了吧？

自從有了陰陽眼之後，洪明哲去廟裡求來了許多符咒，貼在家中每一扇門窗上，就是為了避免有不乾淨的東西跟他一起回家。

雖然貼了符，但洪明哲還是有些不安，畢竟這些符紙看起來也不是多可靠，窗戶上貼著的，更是被幾陣強風吹過後就出現了裂痕。

記得某一次颱風，窗戶上的符紙被風雨打掉了，除了外面的風吹雨打聲之外，家裡也跟著出現許多原本不該有的聲音。

到處都有奇怪的聲音，一會從客廳傳來了翻報紙的聲音，一會又從臥房傳出開關衣櫃的聲音。

眼睛可以閉起來，眼不見為淨，但耳朵可關不起來，不管洪明哲怎麼塞耳塞，依舊還是會聽到一些怪聲。

就連戴上耳機聽音樂，音樂裡也傳出了「為什麼……」之類的莫名怪聲。

在颱風夜裡，這些從窗戶溜進來的鬼魂好像把洪明哲家當成避風港似的，在裡面熱鬧了一整晚。

隔天，洪明哲費盡心力請了幾位道士，好不容易才把它們全都請出家門。

就在洪明哲回憶起過往，胡思亂想的同時，浴室裡傳來了一些聲音。

洪明哲頓時清醒了過來，慢慢靠近浴室。

嘩啦啦！

呼，這聲音洪明哲並不陌生。

他鬆了一口氣，直接走進浴室，把馬桶的沖水把手調整了一下，停止了馬桶的水流聲。

但他沒發現的是，就在他沖馬桶的這一瞬間，在他背後的門口，有個東西跑了過去。

洪明哲搔了搔頭，打了個哈欠，這已經是不知道第幾次，電視看著看著就在椅子上睡著了。

不過，看電視看到睡著的人會去關電視嗎？

洪明哲在走回沙發，準備關電視睡覺去時，赫然發現，電視早已經是關著的。

這對一個人住的洪明哲來說一點都不尋常，他的電視並不是會自動關機的，但又有誰會幫他關電視呢？

難道是自己潛意識中關起來的？

還是夢遊關上的？

小偷闖入，不但關了電視，還擅自上了廁所？

哪個笨賊會關電視讓周遭變安靜？

那豈不是更容易被發現，這也不合理啊。

洪明哲想了一會，替自己找了一個最合理的藉口。

一定是睡著不小心壓到遙控器才關的。

洪明哲為了證實自己的推論沒有錯，開始尋找電視遙控器。

遍尋不著遙控器，這是許多稍微糊塗一點的人都曾經做過的事，但此時的洪明哲是一點也不悠哉。

他越找越心慌，找不到遙控器對他而言，表示自己的推論有誤，那電視是怎麼關上的？

想到這裡不禁令他發寒。

劈哩啪啦！劈哩啪啦！

聲聲作響，洪明哲整個人都被震懾住了。

好像是東西碎裂的聲音，洪明哲的心臟也差點跟著碎裂開來。

不安的心情隨之起伏。

我沒做虧心事，我是個認真的上班族，我、我只不過是看得到鬼而已，不會有事的。

洪明哲不斷地在心裡自我安慰，一邊尋找聲音的來源。

啪嗒啪嗒！喀啦喀啦！

走廊傳來的腳步聲，隔壁鄰居傳來開門鎖的聲音，所有細微的聲響都讓洪明哲感到驚恐。

至少自己不是孤獨的，就算發生了什麼事情，只要放聲大叫，附近鄰居應該都會發現吧，再說外面還有巡邏駐守的員警，真要發生什麼事也會有人保護吧。

「劈哩啪啦」的聲音斷斷續續又不是很清晰，洪明哲循著聲音的來源，步步靠近自己的臥房。

就在門口，洪明哲停下了腳步，也不再聽到奇怪的聲音。

就好像發出聲音的東西也知道洪明哲來了一樣，和他玩起一二三木頭人。

天啊，如果是「魔神仔」，請你行行好，這房子讓你待，不，送給你也無所謂，千萬不要傷害我啊。

洪明哲一邊祈禱，一邊小心翼翼地打開房門。

唔，洪明哲倒抽一口氣，找了老半天的遙控器竟然就在自己房間的地板上。

然而，它已經粉身碎骨，像是被拆解開，又將它砸碎一樣，散落一地。

只剩下幾個零件和破碎的外殼，大致可以認出它的身分就是電視遙控器。

剛剛發出的怪聲，該不會就是遙控器被分屍的聲音吧？

這是一個警告。

是它！

它要來找我了，殺死陳力言的那個東西就要來了。

就算這只是一場夢，也絕對具有警告的意味在裡面。

由於洪明哲做人坦蕩，也不曾耍過什麼心機陷害別人，所以，就算有了陰陽眼，也從來沒有什麼鬼魂來找過他的麻煩。

找過方正後情緒大為鬆懈的洪明哲，一覺醒來，腦袋還昏昏沉沉的情況下，渾然忘了有人想要奪他性命的事情。

現在的洪明哲終於恍然大悟，跌跌撞撞地跑出房門，想要求救。

洪明哲逃往窗邊，企圖要向外面的員警求助。

然而，就好像有股力量將他擋在窗前，洪明哲怎麼也到不了窗邊。

「有狀況就打電話給我，我會以最快的速度到你那邊，你不用擔心。」

洪明哲想起了方正給他的名片。

怎麼會都沒有呢？

他四處翻找，房間和客廳的每個抽屜都翻遍了，外套口袋也找過了，就是找不到名片。

該不會被他當成口袋裡的垃圾，一起丟掉了吧？

洪明哲特地跑去翻垃圾桶，連垃圾都倒了出來，還是沒有結果。

對了，褲子！

就在洪明哲感到絕望的時候，他忽然想起自己今天穿的外套口袋破了個洞，所以東西都不敢放外套口袋。

平常的習慣也因此改變了，把東西都放進了原本只會放皮夾的長褲口袋。

人在慌張的時候，會更難想起重要的事情，就像曾經有人說過，要想記起自己遺忘的事情，最好的方法就是先不要去想它，做點其他事情反而容易回想起來。

終於想起了名片的位置，一股巨大的力量卻讓洪明哲還沒拿到褲子，就懸在半空中了。

無法照自己的意思行動，一個龐大的黑影突然籠罩在洪明哲的頭頂。

洪明哲驚訝地看著自己在空中亂踏的步伐，還來不及抬頭看黑影，黑影瞬間就跑到他面前。

「嗚啊！」

這是什麼怪物？

洪明哲眼前的巨無霸黑影，外型看起來似人非人，似猿非猿，全身上下看起來像是爬滿了密密麻麻的黑色蟲子，不，應該說是由成群的黑色蟲子組成了這個龐大黑影。

簡直是怪物，一看就知道來者不善。

「你、你到底想要什麼？求求你，饒我一命，好嗎？」洪明哲顫抖著聲音，試圖和黑影溝通。

拎著洪明哲的黑影側著頭，在爬滿蟲子且沒有五官的臉上，突然露出了一條嘴巴似的細縫，向他投以詭異的笑容。

「我、我跟你無冤無仇，為什麼你、你要殺我？」洪明哲急得眼淚都飆出來了。

「你跟我無冤無仇？」黑影用緩慢且低沉的聲音不悅地問。

「我從來沒有害過任何人，怎麼會跟你有瓜葛呢？」洪明哲苦著一張臉，不敢直視黑影。

「沒害過人是吧？沒害過人卻要被害，這下你知道是什麼滋味了吧？我就是要你害怕，就是要你痛苦！」

聽到黑影的口氣轉為憤怒，洪明哲立刻雙手合十，請求黑影原諒。「哇。對不起，是我錯了，請你原諒我，嗚嗚。」

「哦？知道錯了？說說看啊，說你做了什麼，為什麼要把我害得這麼慘？」

「唔，這個，這、我……」洪明哲渾然不知自己究竟做了什麼，現在卻要他說出個所以然，真的令他丈二金剛摸不著頭腦。

「連做錯什麼都說不出來，你還想求我？這種莫名其妙被人安上罪名的滋味如何啊？」

說完，黑影伸出了疑似雙手的兩條黑色物體，各抓住洪明哲的左右手掌。

黑影伸出的雙手上，散播出疑似小蟲子般的黑色東西，一點一點地沿著洪明哲的手指不斷擴散，直到整雙手都佈滿了小黑蟲。

「唔……啊！」

洪明哲先是感到雙手發癢，卻又沒辦法抓癢，在經過奇癢痛苦之後，突然一陣劇痛，就好像皮肉硬生生被扒去一樣。

「啊咧？」

駐守在外面的阿山好像聽到了什麼聲音，轉頭看向洪明哲的住處。

「什麼都沒有啊，啊不過好像聽到有人在叫咧，奇怪呀。」

阿山左右移動，搖頭晃腦的，一直看向洪明哲所在的窗戶，卻完全看不到任何異狀，之後也沒有再發出任何聲音了。

雖然什麼都沒看見，但為了預防萬一，阿山找來所有一同前來執勤的員警，一一分配每個人的職務，準備上去查看洪明哲的情況。

滴答滴答——

鮮血不斷的從洪明哲的雙手滴落，洪明哲卻已經沒有力氣哀嚎，大量的失血讓他的意識逐漸模糊，痛覺也逐漸麻痺。

洪明哲只能眼睜睜地看著自己的雙手被小黑蟲不斷的啃蝕著，還有一些小塊的碎肉牽著血絲滑落到地板。

「放心吧，我不會讓你這麼早死。你既沒有親人，也沒有朋友，現在殺了你，可就太便宜你了。」黑影一邊說著，一邊又露出了恐怖的笑容。「我要慢慢折磨你，讓你嘗嘗什麼叫做生不如死！」

說完，所有的小黑蟲瞬間全部爬回黑影身上，和黑影融為一體。

洪明哲暴露在外的十根斷指，有如瀑布般噴出大量鮮血。

被啃到只剩下骨頭的手指，在血液噴灑將盡的同時，刷地一聲，指骨化成了灰，碎落一地。

眼看洪明哲已經沒了意識，感覺再玩下去也沒意思的黑影，瞬間鬆開抓住洪明哲的力量。

不知道是痛昏，還是嚇昏，洪明哲從半空中直直摔落在地，一動也不動。

樓下的阿山才剛分配好大夥待會要進行的工作，抬頭準備指出洪明哲所居住的是哪一戶時，洪明哲住家的窗戶就正巧被一片黑暗給籠罩著。

咻！

黑影穿過窗戶玻璃，直直射向窗外天空。

「啊！害啊！怎麼會？」

這次阿山看到了，再清楚不過，一個巨大的黑靈就這樣從洪明哲的屋裡飛出去。

「啊唷，這下怎麼辦啊？要死人囉。」阿山率領著幾個夥伴，一邊跑向洪明哲的住處，一邊敲著自己的腦袋。

當阿山破門而入時，洪明哲早已失去了意識，倒臥在血泊之中。

□

方正接到了阿山的電話，得知洪明哲已經進了醫院，立刻與佳萱一起趕往醫院。

阿山把自己還在樓下佈署分班的時候，洪明哲就已經被傷害的事情告訴兩人。

「對不起，隊長。」阿山低著頭，一臉歉疚地說：「我沒想到對方竟然這樣快狠準。」

方正搖搖頭，要阿山不要自責了。

的確，雖然方正行動小組的成員個個都有陰陽眼，但是，成員裡可沒有法師，遇到這種黑靈，頂多也只能帶著被害人盡可能地逃跑。

「你確實有看到嗎？」方正嚴肅地問：「那個鬼真的就是黑靈嗎？」

阿山肯定地點了點頭。

這下子情況就真的很糟糕了。

雖然早就知道對方很可能是黑靈，但是，現在確定之後，表示事情真的到了方正也無法處理的地步。

阿山問：「現在該怎麼辦？」

方正還在思考，一旁的佳萱先提出自己的看法：「如果對手是黑靈，這裡不安全，我們必須先找個地方，安置一下洪明哲。」

6

一陣急促的門鈴，吵醒了爐婆。

「是誰啊？」爐婆一臉不悅：「三更半夜打擾人家睡覺。」

爐婆打開門，只見方正揹著一個陌生男子，與佳萱一起站在門外。

「是你啊？」爐婆見到方正的臉色有點異樣，擔心地問道：「怎麼啦？先進來吧。」

方正扛著的，正是從醫院帶出來的洪明哲。

在方正與佳萱商量之下，兩人一致覺得把他放在醫院非常不安全。

的確，對那種被黑道追殺的人來說，只要派幾名警員駐守就很安全了，但是現在已經知道這整起案件的凶手，不是活生生的人，所以就算派再多的員警也沒有用。

在聯絡不到任凡的情況之下，方正唯一可以仰賴的，就是這個學過法術的乾媽爐婆。

方正與佳萱在放下洪明哲之後，立刻向爐婆解釋整起事件的發展。

「我覺得醫院非常不安全，可是，又不知道該怎麼保護他，所以才帶他來這裡。」

爐婆聽完之後，手摸著下巴，看著眼前意識有點模糊的男子，若有所思的模樣。

兇手是一個黑靈。

這點方正現在非常肯定了。

畢竟守在洪明哲樓下的就有自己特別行動小組的成員，加上阿山又證實的確有看到黑靈。

「對手是黑靈，我們現在該怎麼辦？」

「怎麼辦？當然是先調查清楚再說。」

「調查？」

「就算要對付那個黑靈，你也需要打聽摸一下對方的底吧？」爐婆皺著眉頭說：「不要說黑靈，就算你們警察辦案不也是這樣嗎？」

「可是，」佳萱在一旁擔憂地問：「對方已經開始行動了，總不能這樣坐以待斃吧？」

爐婆點了點頭，沉吟了一會，說：「放心，如果是時間的話，拖延一下總有辦法的。不過，在我拖延的這段時間裡，你們要盡可能將整件事情的來龍去脈查清楚。」

□

爐婆讓方正等人在前面客廳等待，自己一個人換上道袍，在後面的房間忙了好一陣子。

在這段時間裡，洪明哲的情況越來越惡化。

雖然佳萱已經幫他換藥，點滴瓶與一些醫療用品也由特別行動小組隊員專門送過來。

但是，這裡終究不是醫院，設備難免不足，現在也只能盡人事聽天命了。

豆大的汗珠從洪明哲額頭上滑落，即使現在意識還沒有完全回復，但是，洪明哲的眉頭仍然緊緊地深鎖著。

「他還好吧？」

「生理來說，應該沒什麼大礙。」佳萱回答道：「但是，在精神方面，卻非常不穩定。他現在在藥物的作用之下熟睡著，一旦藥效退去……」

「好了，」爐婆從內室走出來，招呼兩人說：「把他抬進來吧。」

方正與佳萱合力將洪明哲抬到房內。

只見房間的中央，擺著一張床，在床下的地板上，密密麻麻用紅毛筆寫著一排又一排的咒文。

「把他放在床上就可以了，」爐婆指揮著兩人。「小心地上的蠟燭，還有盡量不要踩到字跡。」

方正與佳萱小心翼翼地將洪明哲放在床上，佳萱到外面去把那些醫療設備拿進來。

方正指了指房間，問爐婆道：「這些是什麼？」

「這是我們這一派法術最擅長的領域，」爐婆得意地說：「『遮鬼眼』。」

「啊？」方正與佳萱異口同聲。

只有聽過鬼遮眼，還真沒聽過遮鬼眼的。

「只要他可以乖乖待在那張床上，那隻黑靈就找不到他。」爐婆說：「不過，這法術只能對一個人與一隻黑靈使用一次，一旦他離開那張床，法術就會破功，到時想要再藏就難了。」

原來所謂的遮鬼眼，就是讓鬼找不到人。

這讓方正想到了他與任凡一起聯手的第一隻鬼魂，好像就是用蓋棺泥與迷魂燭，想辦法不讓他們找到自己。

又想到了在對付項羽的時候，任凡用過替身娃娃之類的東西，拖住了項羽一會。

看樣子，這是撚婆與爐婆她們這一派法術最擅長的技巧。

「他會這樣昏睡多久？」

「看我們的藥量，只要一停藥，他很可能隨時會醒來。」

「嗯。」爐婆點了點頭說：「我比較擔心他一醒來，什麼都不清楚，一下子就下床，到時候想再藏就難了。」

「可是，如果一直讓他這樣昏睡，對他的身體也會有害。」

「嗯，所以你們一定要盡快摸清那黑靈的底，」爐婆交代方正：「查出他的底，或許我們還有一點希望可以對付他。」

「可是，茫茫人海，不，鬼海，要從哪裡開始找起啊？唯一可能會知道他的底的人，現在正躺在……」

方正話還沒說完，清脆的手機鈴聲響起。

方正拿出手機，看了一下號碼之後，按下通話。

電話那頭是方正特別行動小組的成員之一，也是被派守在洪明哲樓下的阿山。

在兩人把洪明哲從醫院運出來之後，方正便要他在分局待命。

「找到了！」阿山激動地說：「分局那邊的人已經找到這整起案件的凶嫌囉，現在正要去圍捕他。」

「什麼？」

案件不是應該是黑靈所為嗎？

難不成現在警局已經先進到可以圍捕黑靈了嗎？

「凶嫌不是鬼啊，他的名字叫做楊康光。」

這到底是怎麼一回事？該不會是抓錯人吧？

方正對著電話說：「好，我們馬上到。」

方正掛上電話，一臉狐疑地看著躺在內房意識不清的洪明哲。

這到底是怎麼一回事呢？
難道，洪明哲說謊嗎？
凶手根本就不是黑靈？

第4章．騎虎難下

1

方正與佳萱用最快的速度，趕回到分局。

阿山立刻向方正報告道：「分局這邊已經派人去搜捕嫌犯了。」

「這到底是怎麼一回事？」方正不解地問：「你不是說親眼看到黑靈嗎？」

「我是真的有看到啊，一團黑黑的，會飛的，好大隻的凶靈啊。」阿山一邊說，還一邊張大雙臂，比著黑靈有多大隻。

「那現在發現的嫌犯是怎麼回事？」方正緊張地問：「該不會是抓錯人吧？」

阿山帶著兩人到後面分局專門為方正準備的辦公室中。

「事情是其中一個員警發現的，」阿山一邊向方正解釋，一邊將辦公室裡面的電視打開。「他是在調閱附近的監視器畫面時發現的。」

阿山說完，將兩台錄影機打開，電視上立刻顯示出監視器的畫面。

「現在這個是陳力言被殺害時，他住家附近的監視器畫面。」阿山向兩人解釋道：「你們注意一下，現在出現在畫面右下方的男人。」

兩人照著阿山所說看了過去，那是一個臉孔雖然模糊，但是還能夠辨識的男子。

「看清楚了嗎？」阿山等兩人點頭之後，將電視畫面轉台，電視上的畫面立刻跳到另外一個監視器畫面：「現在這個是大約在一個月前左右，被謀殺的黃淑玲，照洪明哲的供詞，她就是他們三個死亡順序裡排名第一的歐巴桑。這個監視畫面就是案發當時，黃淑玲家路口的監視器畫面。你們現在看一下畫面的左下方。」

兩人看過去，立刻看到了一張熟悉的臉孔。

的確，這個男人的確在這兩人遇害的當天，都出現在這兩個被害人家樓下。

「發現這個事情的警員，立刻對那可疑的男人展開調查，後來查到了這男人的名字叫做楊康光，也找到了他家裡的住址。」阿山看著自己的筆記，向兩人報告說：「於是，分局立刻聯絡當地的警局，協助去盤查。想不到，地區的員警到了楊康光的家裡，發現楊康光的老婆陳屍在臥房，死因初步研判是頸部的傷口導致大量失血死亡，從屍體的狀況推斷，死亡時間至少已經超過一個月了。」

方正與佳萱互看了一眼，這樣說來，這個楊康光的確涉嫌重大，但是，這跟黑靈不就完全沒關係了嗎？那麼，阿山所看到的黑靈又是怎麼一回事？

「不過，更詭異的是，」阿山繼續報告說：「造成楊康光老婆頸部受傷的凶器，經法醫初步研判，應該是牙齒，她脖子上的傷痕是咬痕。換句話說，就是有人用牙齒咬斷了她的頸動脈，造成她的大量失血。而經過初步的比對，齒痕的確符合她老公楊康光留在牙醫診所的資料。」

「所以，不管他是不是真的殺害了另外兩個人，至少就他老婆這邊來說，他都涉有重嫌？」

阿山點了點頭。

門外傳來了有人叫喚阿山的聲音，阿山出去了一會。

「這到底是怎麼一回事？如果凶手真的就是這個楊康光，那麼夢境跟阿山看到的黑靈又是怎麼一回事？」

面對方正連續的詢問，佳萱也只能皺著眉頭，搖搖頭。

因為到了現在，佳萱也是一點頭緒也沒有。

就在兩人苦惱的時候，阿山從外面跑了回來，激動地說：「找到楊康光了！有目擊者看到他剛剛進到附近郊區的廢棄工廠裡，現在小隊長已經帶隊過去要抓他了。」

2

方正與佳萱趕到現場的時候，現場指揮的小隊長立刻過來報告。

在了解現場情況後，方正轉過頭去與阿山商量一番。

「你確定真的有黑靈從洪明哲家中跑出來，你確定自己沒有看錯？」方正再次向阿山確認。

「歐府扣司（Of Course），千真萬確啦，我怎麼可能會看錯？」阿山指著自己的眼睛，還特地撐大雙眼給方正看，「我視力可是一點五，從小到大沒戴過眼鏡，什麼都看得很清楚，就連鬼魂也看得一清二楚。」

「既然有黑靈，那為什麼還會有嫌犯？嫌犯可是人啊。」

「這個嘛。」阿山想了一下，突然用右拳搥了自己的左手掌一下，「啊，對啦，法師啊。」

「啊？」方正和佳萱異口同聲，不了解阿山在說什麼。

「我以前聽老一輩的說過，有法師可以控制妖魔鬼怪，讓他們替他做事，這個楊康光一定就是法師！」

「但……」

「啊，就是這樣，沒錯，一定是這樣！」

方正還來不及說完，阿山立刻搶話，不讓方正有開口的餘地。

總覺得阿山說的話好像不太對，但又不知道是哪裡出了問題，佳萱也只能一臉疑惑地看著方正。

「那現在該怎麼辦？如果真的有黑靈，他們在裡面搜索，不是很危險嗎？」姑且相信阿山說的都是正確的，佳萱有點擔心地問。

「這樣吧，我們進去找黑靈，讓他們去找法師，來個一箭二鳥！」阿山興奮地說。

「你是要說一石二鳥，還是一箭雙鵰？」

「啊隨便啦，反正就那個意思。」

雖然他們的行動好像也不能算是一石二鳥，但方正和佳萱也懶得糾正阿山了。

「我們也下去幫忙找。」方正和小隊長協調。

「不不不，白警官，這種小事交給我們就可以了，您就先在旁邊休息一下吧。」

「沒關係，我也想調查一下這邊的環境，說不定嫌犯會做出什麼驚人的舉動，如果他設下了什麼陷阱，那可就不好了。」

這些日子以來，方正越來越懂得如何和人周旋，又不讓人發現自己真正的目的。

原本還想勸方正，這種苦差他們來就可以了。可是在方正的堅持之下，小隊長眼看沒辦法，只好讓幾名弟兄跟方正一起下去。

方正帶領著佳萱、阿山以及其他幾名弟兄，一起走入廢棄的工廠。

工廠裡，瀰漫著一股令人窒息的氣息。

一般人聞到的是廢墟的霉臭味，方正行動小組的人則是嗅到陰森的氣息。

「這裡究竟發生過什麼事？」方正忍不住問了後面幾位弟兄。

「您不知道嗎？這裡曾發生的大火，死傷慘重，新聞報紙都有報導呢。」

「對啊，白警官，這邊發生的事情問我就對了。」一名員警突然精神奕奕地說：「我叔叔是消防隊的，當時正巧被派來這邊救災，他回去後有跟我們詳細描述這場大火，我到現在都還記得，簡直是歷歷在目，想忘都忘不了啊。」

員警吞了吞口水繼續說：「我們現在走進來的這裡就是工廠的大門，當時這邊一片火海，根本沒有逃生的出路，好多人都被燒死了。」

「嗯。」

方正一邊回應，一邊看著旁邊四、五個焦黑的鬼魂在遊蕩。

「這條通道旁邊有很多機械設備，大火就是沿著這條路直接燒到門口去的。」員警突然音調一轉，好像在講鬼故事一樣的低聲細語，「恐怖的是，這兩旁的機械當時引發了大爆炸，有些操作員當場被炸得血肉模糊，完全沒有逃生機會。」

佳萱看著四周好幾個斷手斷腳，甚至沒有頭的鬼魂殘骸，就站在旁邊靜靜地聽他說話。

阿山想要回頭提醒，要他別說那麼多，以免招惹到這些鬼魂。

不過，又因為怕被發現他們看得到鬼，只好把話吞了回去。

「當時真的是人間煉獄啊，這裡的景象有多可怕，不說出來，你們真的沒辦法想像。」

這小警員將畫面講得生動，但不用他說，方正等人早就看到一群面目不全的鬼魂在這工廠裡四處飄移。

「你們看，」員警指著天花板，「上面還留有被炸飛到天花板的血跡，很可怕吧？」

「是啊。」

方正等人抬頭看到的，可不只是一灘血印，還有一團肉泥鬼魂貼在天花板附近。

「這裡就是廠房的最內部，整起事件就是從這裡開始的。我叔叔說，他們應該是不自覺吸入過量的瓦斯，完全沒有掙扎，就這樣死了。」

話才剛說完，一堆地縛靈突然就這樣群體朝著方正等人身邊飄過來。

「真可憐，他們應該連自己是怎麼死的都不知道吧。」

員警說得精采，方正一行人卻突然停下腳步，沒有任何回應，讓後面的員警們面面相覷。

「隊、隊長，這是對的嗎？他們怎麼全都衝過來了啊。」

眼看地縛靈群起湧現，阿山也慌了手腳。

「噓，不要讓他們發現這邊有鬼，這樣會影響辦案。」

方正比了個「噓」的手勢，要阿山不要輕舉妄動。

地縛靈步步逼近，全都朝著同一個方向而去。

方正和佳萱看了夾在兩人之間的阿山一眼，慢慢的往兩邊退開。

所有地縛靈全都貼到阿山身邊，阿山就像是大明星走在街上一樣，被成群的鬼魂粉絲包圍起來。

「說，你最近做了什麼虧心事？」方正雙手盤於胸前，對著阿山故作正經地問。

朝陰氣旺盛的地方靠攏，是所有鬼魂的共通性，地縛靈自然也會有這樣的特性。

人本身也有陰氣與陽氣，會隨著人的運勢與生理、心理的狀況等等，而有所變化。一般來說，比較倒楣或者身體狀況比較差的人，陰氣都會比較旺盛，而官運亨通或者運氣比較好的人，陽氣就會比較旺盛。

方正之所以會這樣問，就是因為心裡有鬼的人，陰氣會變得比一般人旺盛，自然會吸引鬼魂靠近。

這些都是任凡告訴方正的，而方正也曾經利用這個道理抓到嫌犯。

「喔，隊長，你不要開玩笑了，我最近都走霉運，已經夠苦了啦。」

阿山一邊回話，一邊踮起腳尖，還拉長了脖子，設法不讓地縛靈和他面碰面，嘴對嘴，就好像污水中的魚要探出水面來呼吸新鮮空氣一樣。

「那個……」隨行的員警不知道阿山的名字，只好把臉湊到阿山旁邊叫他。「請問您怎麼了嗎？」

看著阿山的詭異動作，幾名員警不由得皺起眉頭來。

「隱疾啦，隱疾。」阿山隨便掰了個理由含混過去。

「是什麼樣的隱疾？您看起來很不舒服，嚴不嚴重啊？」

「干你屁事！你想泡我啊？」被地縛靈纏著已經夠讓他頭痛了，還有人在旁邊一起煩他，讓阿山火冒三丈。

大夥聽到阿山這麼說，也只好摸摸鼻子，自討沒趣的走開。

「很好，你就繼續在這邊吸引他們的注意，我和佳萱到裡面去搜查一下。」

「怎麼這樣……欸，隊長！」

方正完全不理會阿山，帶著佳萱就要往裡面去。

「你們就先待在那邊吧，看看阿山的隱疾有沒有發作。」

看到隨行的員警們徬徨的樣子，不知道該跟著誰才是，佳萱便請他們留在阿山身邊，這樣一來，他們要有所行動也比較方便。

員警們眼看方正與佳萱就這樣走掉，轉頭錯愕地看著阿山。

「看什麼？我看起來像是發作了嗎？」阿山一臉嫌惡地瞪著他們。

員警們在完全不知道阿山究竟怎麼了，以及什麼樣才叫做發作的情況下，只有更加無所適從了。

繞遍了整座工廠，既沒有黑靈，也沒有什麼可疑的地方，方正和佳萱又回到了阿山身邊。

「走吧，這裡應該沒有黑靈，我們先到外面等看看情況吧。」

說著，方正拉了阿山一把，所有地縛靈立刻散去。

「哇靠，隊長，你會這招怎麼不早點用！」

「什麼招？我不過就是拉著你而已啊。」

「你的陽氣也太重了吧！」阿山不知道是褒還是貶的驚嘆著。

的確，方正本身陽氣就不輕，加上這幾年來官運亨通，接連升官，更是不在話下，陽氣自然旺盛。

兩人你一言我一語，一旁的佳萱突然停下腳步。

「這台機器好像不太一樣。」佳萱指著大夥旁邊的大型機械說。

眾人不約而同一起看過去。

「啊咧，它好像比較新喔。」阿山有感而發。

「不是比較新，應該說是比較乾淨，它看起來好像沒有其他台那麼多灰塵，可能在近期有被使用過。」

方正點了點頭，同意佳萱的說法。

於是，方正率領著大家，繞到機器的後方去查看。

機器背面有一扇維修門，高度約莫一點五公尺，寬度也差不多有一公尺。

「就是這裡，我敢說這裡一定藏有什麼東西。」阿山突然興奮地指著它。

方正不敢大意，指揮大家包圍這台機器，進入警戒狀態。

方正小心翼翼地把門打開，裡面有著密密麻麻的電線。

方正對阿山揮了揮手，要他進去看看。

「啊？這裡一堆電線耶，沒問題嗎？」

阿山遲疑了一下，看方正沒有任何打消的念頭，只好硬著頭皮，撥開電線。

就在撥開一整片電線的同時，阿山張大了嘴，瞪大雙眼，不斷抖著指向裡面的手指，一臉驚奇的樣子。

大家跟著探頭進去一看，就連方正和佳萱也看傻了眼。

在這台機器裡，隔著一堆電線的後面，竟然有著足以容納一個成年人的空間，而且，現在這裡面正好就躺著一個人。

更巧的是，這個人就是大家要找的兇嫌——楊康光。

大家一臉驚喜，方正比了比手勢，示意大家不要驚動到他。

「哇靠，他是木乃伊還是吸血鬼啊？把這裡當成自己的巢穴？」阿山小聲地說。

「至少他躺的不是棺材。」

「現在呢？」佳萱小聲地問。

「擒賊不如先擒王，雖然他不是我們原本的目的，但是，把他抓起來，他就不能再搭黑靈過來了。」

「有道理。」方正指著阿山，一邊點頭贊同。

阿山先把撥開的電線固定住之後，退了出來。

大家按照方正的指示，包圍了這扇維修門，眾人蓄勢待發，就等方正下指令。

方正高舉右手，張開嘴巴，正準備用嘴型發動指令。

楊康光突然張開雙眼，以迅雷不及掩耳的速度衝出維修門。

在場所有人全都愣住了，只有方正一個人發出嗚嗚噎噎的聲音。

終於反應過來，眾人一齊看向方正，正待要方正給下一步的指令，卻看到令人震驚的畫面。

方正被楊康光從背後掐住了脖子，方正死命的用雙手扳著楊康光的手，但怎麼扳就是扳不開。

原本想偷襲人的卻反過來被偷襲，這是眾人怎麼也沒想到的情況。

再怎麼說，這裡不過就只有這扇說大也不是很大的維修門，楊康光竟然可以從容地逃掉，這對方正特別行動小組而言，簡直是恥辱。

「隊長，讓開！」

阿山見狀，使出一記飛踢，朝楊康光和方正兩人踢了過去。

完全閃不掉的方正，一個重心不穩，整個人扭了一下。

同樣被踢中的楊康光這才鬆手，讓方正有機會從他手中逃脫。

「你……很好，記你一支嘉獎。」

人高馬大的方正轉過身去，與力大無窮的楊康光扭打成一團。

不料楊康光並不是個簡單的角色，方正完全趨於弱勢。

眼看方正被嫌犯打得節節逼退，其他員警立刻奮力撲向嫌犯。

想不到嫌犯絲毫不畏懼警方這邊人多勢眾，像是被紅布激怒的野牛般，手腳並用，不顧一切地掙扎。

不過，終究單拳難敵四掌，在優勢的警力之下，終於還是將嫌犯制伏在地。

3

想不到方正竟然被嫌犯攻擊，小隊長像是闖了大禍之後被嚇壞的小孩似的，拚命詢問方正的狀況，並且還堅持希望可以送方正去醫院。

「沒事的啦，在我及時英勇的解救之下，隊長可是毫髮無傷，安啦。」阿山得意地說。

在場所有人都默然看著方正屁股旁邊的鞋印，方正也白了阿山一眼。

方正不斷地安撫小隊長，再三強調不需要去醫院，小隊長這才罷休。

幾分鐘後，分局長聽到消息，立刻趕到現場。

一方面查看案件狀況，一方面慰問白方正警官。

果然分局長知道方正受傷，立刻斥責小隊長，為何讓方正如此冒險。

「你開什麼玩笑！怎麼可以讓我們的台灣之光、正義的化身、警界的驕傲，也是我們唯一的白方正警官遭遇危險呢？」

小隊長的頭低到不能再低，像做錯事情的小狗夾著尾巴，被主人教訓一樣。

「不，您別這麼說，是我堅持要進去的，不是小隊長的錯。」方正對於給小隊長帶來困擾感到很不好意思。「再說，我也平安無事啊。」

阿山在一旁驕傲地向眾人點點頭，再次提醒大家想起他撲救的英姿。

分局長立刻把目光焦點移到方正臀部的腳印。

佳萱和當時在場的其他員警都搖了搖頭，嘆了口氣。

「白警官，您就別幫他說話了，如果您出了什麼意外，我們可承受不起啊。萬一失去您，台灣的治安和正義可怎麼辦？」分局長越說越激動。

「好好好，那看在我的面子上，你願意幫我一件事情嗎？」眼看勸說無效，方正決定換個方式解圍。

「只要是白警官您的指示，當然沒問題，請您儘管吩咐。」分局長立刻拍胸脯保證。

「好，我希望你不要再責怪小隊長了，也不要給他任何處分，畢竟這件事情真的錯不在他。」方正認真地看著分局長。

「唉呀，這……好吧，既然白警官都這麼說了。」

在方正的緩頰之下，分局長這才答應不處分小隊長。

事情平息下來之後，方正等人才搭上阿山的車，跟著押解犯人的警車一起回警局。

差點就要丟了飯碗的小隊長眼眶泛紅，內心激動，充滿感激地目送方正等人離開現場。

白方正警官果然既偉大又謙虛，而且還很有同理心，處處為人著想。

小隊長心想著，如果白方正警官是自己的直屬上司，那該有多好。

「一百頁的報告，明天交給我。」確定方正等人離開後，分局長走到小隊長身邊，輕聲地說。

「嗚。」

小隊長的臉瞬間沉了下來，感動的淚水化成悲哀的眼淚，在眼眶中不停打轉，無辜地像受傷的小狗般低聲哀鳴。

楊康光坐在押解犯人的警車裡，低著頭，沉默不語。

這次的任務終於告一段落，前座的兩名員警輕鬆地聊起天來。

駕駛座旁的員警描述著他跟白警官進去搜查，並且緝捕嫌犯的情景，讓駕駛員警聽得羨慕不已。

後座負責看管嫌犯的員警，可還沒有那個心情加入三姑六婆的行列。他最重要的任務，就是在到達警局前的這段路上，好好看管嫌犯。

嫌犯在路上大哭大叫說自己是清白的，或是依然在言語上逞凶鬥狠的不在少數。甚至還有情緒崩潰，好像在向神父告解般的嫌犯，後座員警也必須充當聆聽的角色。當然，像楊康光現在這樣，乖乖的，什麼話都不說，也不輕舉妄動的嫌犯，對他來說是最輕鬆，最樂於遇到的。

「嘻嘻嘻嘻。」

突然傳來一陣令人毛骨悚然的笑聲。

後座員警直覺可能是嫌犯現在才驚覺到自己的前途堪慮，因而開始發瘋。

他一臉無奈地看向楊康光。

果然，楊康光全身顫抖，嘴角上揚。

當他正要開口問：「笑什麼？什麼事這麼好笑？」

想不到楊康光先一步做出令他無法開口的舉動。

「喀啦」一聲作響，楊康光不知哪來的怪力，用左手把被銬在一起的右手用力往下一折，右手腕立刻斷裂。

被折斷的手骨刺穿皮膚，露出尖銳的骨頭。

楊康光的嘴角依然保持上揚，並用左手不斷的拉扯斷裂的右手。

後座員警先是一愣，回過神來，正想要阻止楊康光的自殘行為。

「喀滋」一聲，突然噴灑出大量的鮮血，讓後座員警渾身濺滿了血跡。

整個右手腕在拉扯中，被尖銳的斷骨割得皮開肉綻，最後只剩下一點皮肉連接著，整個手腕已經不自然的扭曲斷裂，而手掌則自然地垂掛在手銬上。

「怎麼了？後面怎麼了？」從後照鏡看到異狀的駕駛趕緊詢問。

此時的後座員警就像魚刺鯁在喉嚨一樣，張大了嘴卻發不出聲音。

從事警察工作這麼久，看遍了各式各樣的嫌犯，當然也少不了被逮捕後作勢或企圖自殘、自盡的，但他從來沒看過有人能做到這種地步，不要說斷手，在手腳都戴上手銬腳鐐的情況下，真的能讓自己受傷的犯人並不多。

駕駛座旁的員警立刻回過頭去，一低頭便看到到處都是血漬，楊康光的手還斷得不成形了。

「哇靠，這是……」

還來不及說完，楊康光便舉起手來，用尖銳的斷骨對準自己的脖子，筆直地刺進去。

在場三名員警全都倒抽一口氣，被這舉動震懾得說不出話來。

不料楊康光還沒死，而且也還不肯罷休。

他用深深刺入脖子的斷骨，左右來回移動，劃開自己的脖子，有如日本武士切腹般，先刺進去再左右割劃。

從頭到尾，楊康光臉上的表情始終保持著詭異的笑容，直到他把自己的脖子割斷，露出了頸骨，整顆頭顱往後躺，垂掛在肩上。

像湧泉般的鮮血大量噴出，這次不光是後座員警被噴得滿臉是血，就連前座兩名員警也難逃血洗的命運。

整個警車內部就像被潑了一桶紅色油漆，一片鮮紅，前後的擋風玻璃也被染成了一片血紅。

「哇咧，搞什麼啊！」開車的阿山看著前面押解犯人的警車，大叫：「快看快看！他們所有的玻璃都變成血紅的了。」

受到太大的刺激，使警車駕駛陷入恍神狀態，再加上血液的遮蔽，在視線不佳的情況下，警車突然開始蛇行，之後整個打滑，衝出道路，橫置在路邊。

「哦哦哦，他奶奶的！他自己當警察的，不知道不能酒駕嗎？」阿山眼看前面的警車一整個失控，自己的腦神經也跟著失控似的罵著。

方正和佳萱同時白了阿山一眼。

「停車停車！」

在方正的率領下，阿山和佳萱也趕緊跑上前去查看警車的情況。

光是看到車窗就知道不妙，方正吞了口口水，將車門打開。

隨著車門被拉開，楊康光的屍體也跟著掉了出來。

楊康光的屍體倒臥在路邊草地上，屍形駭人，表情詭譎。

斷頭呈九十度垂在背後，幾乎要跟身體分離。

另外，右手腕只剩一點皮肉連接手臂與手掌，垂掛在手銬上。

剩下一點點還沒噴完的血液，不斷從這兩處大傷口汩汩冒出。

此時，方正等人的表情就和警車上的三名員警一樣驚恐，唯一不同的是，他們沒有親眼目睹，那恐怖又令人匪夷所思的楊康光自殺情景。

4

想不到嫌犯竟然會這樣畏罪自殺。

看著楊康光以近乎變態方式自殺的屍體，方正如此想著。

原本還寄望著抓到楊康光之後，進行訊問，說不定還可以把這個案件的諸多疑點一個一個釐清。

可是，自殺的楊康光已經被當成枉死的冤魂，在剛剛就被方正不認識的鬼差帶下去了，現在連想要訊問楊康光的鬼魂都做不到了。

分局這邊，雖然陷入一團混亂，但是，在案件發展到這個程度，似乎也只能以結案了結。

這對方正等人來說，也算是一種解脫，畢竟如果真的是這樣，方正就不需要再靠瞎掰來寫這起案件的報告。

沒有牽扯到任何黑靈，只有一個變態凶手，與一連串的連續殺人事件。

雖然動機不明，行兇的目的也不明，不過，這些不會是方正等人的問題。

方正等人真正要面臨的問題是，案子真的就到這裡結束了嗎？

「怎麼辦？」佳萱看著方正，似乎在等待著方正做出最後的決定。

如果案子真的這樣就結束了，而凶手又真的是楊康光，那麼，洪明哲當然就沒有生命危險了。

可是，如果事件背後真的有個黑靈，而他的目標就是現在躺在爐婆家的洪明哲的話，現在讓洪明哲醒來離開爐婆家，似乎也太冒險了一點。

尤其是現在方正等人將洪明哲給藏起來，讓黑靈找不到，誰也不敢擔保下次黑靈再上門，會不會直接就殺死洪明哲。

方正感覺到自己似乎騎虎難下，任何一點決定都有可能會害死洪明哲。

考慮良久，他仍然不敢妄下決定。

「這樣好了，我們先回去吧。」佳萱提出建議，「在這邊杵著也不是辦法，這個決定不可以草率，我們回去商量看看，再想想辦法吧。」

方正點頭。

方正跟小隊長交代兩句之後，兩人坐上阿山的車，朝回分局的路上開去。

想不到車子才剛駛離現場沒多久，車上原本關著的收音機突然自己打開。

阿山皺著眉頭，正準備關掉的時候，收音機裡突然傳來一個陌生的聲音。「不要關收音機！」

阿山嚇到車子差點失控，好不容易將車子回穩之後，收音機裡的那個聲音說：「你們不要害怕，我不會傷害你們。我想要問你們，在你們之中是不是有一個旬婆的乾孫？」

聽到收音機這麼說，阿山與佳萱兩人看向方正。

方正猶豫了一會之後，緩緩地點了點頭。

「有沒有？」收音機急促地問。

方正看收音機似乎火大了，趕緊猛點頭。

「有沒有要出聲回答我，我躲在後車廂，看不到你們的表情或點頭、搖頭之類的動作。」

收音機這麼說，坐在後座的方正整個跳了起來，驚魂未定地看著後座椅子後面的後車廂。

「到底有沒有？」收音機裡的聲音越來越暴躁。

方正趕緊大聲地答道：「有！有！」

5

那個躲在後車廂，藉由收音機發聲的鬼魂，要方正等人找一個非常陰暗的停車場或車庫，把車子停進去。

那個鬼魂聲稱自己有重要的目擊情報，只要答應他的請求，他會將他所知道的事情和盤托出。

於是，方正等人按照他的指示，回到分局並將車子停入地下停車場，那個鬼魂還要求方正等人將燈光關上。

方正等人做好之後，一個聲音突然叫住了大家。

「站住別動！」那個鬼魂叫道：「我叫做阿發，沒有我的允許，你們千萬不許亂動。因為你們隨便亂動的話，可能會改變光線，更有可能因為你們身上有反光或者會發光的物品傷害到我，只要有一點點光線照射到我，我就會消失。」

方正等人聽了，不敢隨便亂動，全部立定在原地。

阿發先是探出個頭，確定光線問題解決了之後，才小心翼翼地從後車廂出來，立刻來到角落邊靠牆站好，如此一來，萬一有什麼狀況，阿發也可以立刻遁牆保護自己。

「好，現在旬婆的乾孫，你一個人可以慢慢轉身，慢慢地轉。」

方正緩緩轉過身來，果然見到一個少年的魂魄就站在角落。

少年的魂魄很模糊，彷彿連身體的線條都是白煙所建構出來的，只要一陣風就可以把他吹散了。

但是，在那模糊的少年身影臉上，方正看到了少年看著自己一臉難以置信的模樣。

「怎麼會是你？」阿發尖銳地哀嚎著：「你就是旬婆的乾孫？不可能啊！你是黃泉委託人的跟屁蟲啊！」

第5章・峰迴路轉

1

黃泉委託人的……跟屁蟲？

聽到這個稱呼，佳萱差點笑出來，不過，還是硬把它忍了下來。

方正則用死魚眼看著阿發，心想，「那你這吹彈可破的魂魄又是什麼來歷？」

但是，看在阿發似乎握有重要情報的份上，只好忍氣吞聲。

由於地下停車場隨時都會有人進出，加上分局為他們準備的辦公室，中間有太多變數，所以方正等人回到了方正特別行動小組專屬的大樓。

在方正與佳萱的合作之下，兩人不但在偵訊室的窗戶上貼滿了黑紙，就連用來照明的燈泡，都包上了黑布，讓房間不至於陷入伸手不見五指的黑暗之中，但是對那個虛弱的鬼魂來說，已經是個舒適的環境了。

「現在你可以說了吧？」方正說：「這裡已經照你的要求布置成這樣了。」

「還不行。」那鬼魂堅決地說：「在我告訴你們任何事情之前，你們必須先答應我一件事情。」

「什麼？」

「我可以告訴你整件事情的始末，但是，你必須告訴所有人，你的搭檔是我，伊陸發。」

「什麼？」方正張大了嘴，不可置信地說：「你的名字叫做一路發？」

想不到方正不可置信的是自己的名字，讓阿發瞬間一把火上來，轉身就想要走。

「等等！」佳萱叫住了阿發，轉身揍了方正一肘。「有話好說。」

阿發轉身本來想要走，可是，無奈自己如果就這樣衝到走廊或者外面，不管是日光燈或者月光都可能讓他魂飛魄散好幾個月，只好打住。

「他不是有心想要取笑你的名字，只是講話比較憨直。」佳萱誠懇地說：「他現在知道錯了，請你留下來，把事情的經過告訴我們，好嗎？」

聽到佳萱的誠懇道歉，阿發才心不甘情不願地轉過頭來，一臉不悅地指著方正。「我討厭你！」

方正只能尷尬地搔搔頭，點點頭表示歉意。

在安撫了阿發之後，佳萱讓阿發坐在對面，自己與方正兩人坐在另外一側。

「你們願意答應我的請求嗎？」

「你是要我們把你的名字寫在報告裡面嗎?可是，這起案件可能已經結案，所以，可能不會再有報告。」

「不是，我不是要你們把我寫在報告裡，」阿發皺著眉頭說：「報告那是你們陽間的事情，我要的是你們告訴其他鬼魂，讓我在黃泉界成為大紅人。」

從來只有聽過人想要紅，可萬萬也沒有想過，原來做鬼也有想要紅的。

方正苦笑搖搖頭，正打算跟阿發說，自己跟黃泉界沒有什麼瓜葛，更不可能像任凡那樣還可以對黃泉界散佈消息，想不到一旁的佳萱卻搶先一步回答了，「沒問題。」

阿發聽到佳萱一口承諾之後，開心之情全寫在臉上。

「那麼，」雖然不知道佳萱要怎麼做到，但是，方正也想趁機搞清楚整件事情的始末，於是他立刻詢問阿發：「你現在可以把你所知道的整件事情都告訴我們了吧？」

阿發點了點頭，閉上雙眼開始回想。

只是此刻連方正都想不到，一切的始末竟然要從約莫一年以前，自己與任凡一起合作的一個案件說起。

2

將近一年前的深夜。

「今晚是鬼門關的日子，你們就別上路了，在這裡睡一晚吧。」

即使老人家再三挽留，但是，楊康光依然堅持要回家。

「真的不行啦，爸、媽，不是我們不想留，只是明天還得上班啊。」

楊康光在車上與岳父、岳母揮手道別後，不拖泥帶水，立刻啟程。

兩老不安地看著女兒和女婿的車漸行漸遠，直到消失在盡頭，才肯進屋裡去。

「剛剛爸媽都這麼說了，你怎麼不多留一晚？陪陪他們也好啊。」

「怎麼你們一家人都一個樣，這麼迷信，我不是說了還要上班嗎？」楊康光一臉無奈地跟老婆琦甄說。

「請假一天不會怎麼樣啊。」琦甄嘟著嘴說道。

「隨便請假給人的觀感會很差的，我還得賺錢養家，可不能讓上司留下不好的印象啊。」

「是沒錯，不過，今天是鬼門關啊，這是特殊原因。」琦甄好像沒有說服楊康光就不肯善罷甘休似的，不斷嘀咕著。

「夠了！做什麼事都要講究時辰的話，妳這輩子有多少時間都不夠用，一下現在不能這個，一下待會又不能那個的。」

聽到老公不悅的口氣，琦甄也就不再多說什麼，靜靜地看著前方的道路。

這是許多夫妻的相處之道，雖然偶爾有口角，但總要有一方退讓，如此感情才能持續下去，婚姻才會走得長久。

一路上人車並不多，在這種荒郊野外的地方，兩人停止了爭論後，更顯得格外安靜。

「嗯？好像有什麼聲音。」琦甄突然開口，東張西望地尋找聲音來源。

「唉，妳不要再胡思亂想了，在這種地方哪會有什麼奇怪的聲音。」說著，楊康光還故意停下車來保持靜止。「看，沒什麼吧？就算有什麼聲音，我想也是正常的啦，鄉下地方嘛，多的是沒看過、沒聽過的生物，你們家那邊的壁虎竟然會叫耶，那聲音對我來說還不是怪聲音。」

「欸，快開車啦，別停在這種地方啊。」

停在這種陰暗沒有人煙的地方，讓琦甄感覺渾身不對勁，催促著楊康光快走。

開了一段路程，琦甄好像想到了什麼似的，再度開口要求道：「阿光，我們不要走這邊，好不好？」

「又怎麼了？這裡風水不好嗎？」

琦甄緩緩地點了點頭。「聽說前面那座山有女人被姦殺過，這附近常常鬧鬼，你看，一路上連個店家都沒有。」

「哦？有這樣的事情啊，我怎麼都不知道？新聞有報導嗎？」

「新聞有沒有報導，我也不記得了，只是常聽我媽提起這件事，她說，能不走這條路就盡量不要走。」

兩人沉默了一會，琦甄繼續問：「我們繞別條路，好不好？」

「拜託，現在都已經幾點了，再折回去走別條路，我看我回家不用休息了，直接去公司上班好了。」

琦甄很清楚自己的老公是個固執的人，一旦下定決心就不會輕易改變，因此也就不再白費唇舌了。

「來提提神吧，妳說那個被姦殺的女人，到底是發生什麼事啊？」

「現在在這裡講不適合吧？」琦甄膽怯地說。

「就說別那麼迷信了啊，又不是說她壞話，只是要聽聽她的故事，妳不過就是陳述事實而已。」

琦甄猶豫了一會，深呼吸一口，好像怕有人竊聽似的，左右瞻望了一下才娓娓道來。

「聽說那名被姦殺的女人家裡有點錢，在她雙親死後，她的朋友介紹她認識了一個男人。可能是因為寂寞孤獨吧，兩人很快墜入愛河，不久就結婚了。有一天，女人發現原來那男人是個舞男，在外面還有別的女人。我媽就說啦，那男人一定是覬覦女方的家產才會跟她結婚的。結果，女方想要離婚，想不到男方不但不肯，還乾脆一不做二不休，把那女的拖到那座山裡，找朋友來把她姦殺了。」琦甄一邊說，還一邊指著斜前方的那座山。

「嗯，如果真是這樣，那男人還真是挺該死的嘛。」

「就是說啊。」

就在這個時候，一團黑色的東西突然從琦甄方才指的那座山上高速地衝了過來。

「哇啊！」

楊康光大叫了一聲，伴隨著煞車聲劃破天際。

楊康光夫妻倆的車子一個打滑，整個橫置在道路上。

楊康光兩眼發直，驚魂未定。

「阿光！阿光！」反應不及的琦甄不知道究竟發生什麼事，死命抓住楊康光的手，不斷搖晃，拚命地呼喊：「阿光，你怎麼了？有沒有怎樣？」

「沒有……沒事……」楊康光大口大口地喘著氣。

就在踩煞車的一瞬間，那團黑色的東西直直朝楊康光的車子撞過來。

一張人臉似的黑影，就貼在駕駛座的車窗旁。

當楊康光震驚地轉頭看過去，「啪」的一聲，腦袋就好像被一陣風灌進去似的，有種說不出的衝擊感，但卻完全沒有不適的感覺。

而那團黑色的東西也隨之消失了。

幸虧有安全帶的保護，又正好沒有其他車流，當下兩人都沒有受傷。

然而，他們不知道的是，在不久的將來，此時此刻驚險的一瞬間，會為兩人的未來帶來多大的改變。

3

「你的意思是說，他從那個時候就盤踞在楊康光的體內？」

方正不敢相信，原來這個鬼魂竟然是當時從鬼門關前逃走的鬼魂。

「嗯。」阿發肯定地點了點頭。「這點我非常肯定。」

阿發自然沒有告訴他，為什麼他會那麼肯定的原因。

原來，在阿發一而再、再而三的試圖附身在他人身上失敗之後，他決定找個前輩來學習。

阿發當鬼一直躲躲藏藏的，認識的鬼並不多，所以他唯一想得到的，就是當初在鬼門關前，那隻逃走的厲鬼。

阿發花了很多時間，終於找到了那隻厲鬼。

原來那隻厲鬼，仍然一直附身在那對夫婦的老公身上，沒有離開。

而阿發就靜靜地跟著那一對夫婦，想不到竟然親眼目睹如此大的案件發生。

首先，阿發看到了那個厲鬼，終於順利控制住那個附身的對象楊康光，並且咬死楊康光的老婆。

接著，他繼續附身在楊康光的身上，開始了他的屠殺之路。

佳萱問：「你知道楊康光，不，那個厲鬼為什麼要找上這些人嗎？」

「不知道，」阿發搖了搖頭，說：「可是，我知道他並不是隨便亂找人來殺的，他一開始就已經鎖定了這三個人。」

阿發這段時間裡，親眼看到楊康光每晚都會靈魂出竅，厲鬼趁著黑夜不停四處奔走，找尋著他的目標，所以，阿發非常清楚，這些被那厲鬼殺害的人，並不是厲鬼隨機選擇的對象。

在這件事情發生之後，早就不知道有多少分局的員警們，試圖在找尋凶手的動機，他們不但調出這些人的資料，進行交叉比對，也親自詢問過洪明哲，但是，都沒有找到任何三人的關聯性。

這一點連從頭到尾都目擊整起事件的目擊者阿發，也無法提供任何的答案。

原本還以為會不會是這三個人都做了什麼事情，得罪到了某個厲鬼，厲鬼才會發火，大開殺戒。可是，就阿發的說法，他是從鬼門關逃出來的，換言之，三人根本沒有機會得罪他，就已經被他鎖定了。

佳萱仍然就阿發所說的話，在腦海中推論。

一旁的方正卻是狐疑地問道：「可是，如果真的跟你說的一樣，為什麼他要到那麼多個月之後，才開始殺人？」

阿發板起了臉孔。「你不相信我？」

「不是，我只是不懂。如果他一開始就已經鎖定這三個人，為什麼已經逃出來了的他，要拖到將近一年的時間才動手？你們鬼魂要找人不是很快嗎？」

「喂，你以為做鬼很簡單嗎？」阿發整個跳起來咆哮。「你以為你只要一死，就立刻什麼都會了嗎？」

講到這個做鬼的能力，阿發就有一肚子的氣。

沒想到自己的一個問題，可以引發阿發如此大的脾氣，方正無奈地低著頭。

「尤其我們這些做鬼的能力，不是像你們以為的拿個啞鈴在那邊舉來舉去，就可以變強壯，有些鬼魂天生……」阿發抿著嘴說：「天生就不如別的鬼。」

阿發說到這裡，就好像提到傷心的往事一樣，低著頭不再多說。

佳萱用責備的眼神瞪了方正一眼，方正無奈地搖搖頭，就好像做錯事的小學生一樣。

佳萱考慮了一下，對方正說：「綜合洪明哲跟阿發的說法，那個厲鬼是從一開始就鎖定了他們三人，現在那個厲鬼拋棄了他附身的軀殼，還有辦法繼續殺人下去嗎？」

「有。」阿發點了點頭：「對他來說，楊康光本來就只是一個棲身之所而已，他早就有能力可以獨立在外遊蕩，不需要軀殼。」

「問題就在於，」佳萱摸著下巴說：「接下來那個厲鬼會怎麼做？」

的確，如果照爐婆所說的，只要洪明哲持續躲在爐婆設好的結界中，那個厲鬼就找不到他，那麼，那個厲鬼接下來會如何呢？

佳萱側著頭問阿發：「除了洪明哲之外，你知道那個厲鬼還有什麼目標嗎？」

如果他的報復名單上還有其他人的話，那麼，厲鬼在找不到洪明哲的情況之下，很有可能先跳到下一個。

阿發想了一會，用力地點了點頭，說：「有！他還有一個目標。」

「是誰？」方正和佳萱異口同聲問道。

阿發肅穆地說：「黃泉委託人。」

4

作夢也想不到，那個厲鬼的下一個目標竟然就是任凡。

而且聽阿發說，就算現在他找不到黃泉委託人，他也打算毀了黃泉委託人的根據地，殺光那邊所有的鬼魂。

至於那厲鬼跟任凡之間有什麼恩怨，就連阿發也不清楚。

問題是，現在方正等人將洪明哲藏了起來，找不到洪明哲的這個厲鬼，很可能會提前對任凡的根據地下手。

方正見事不宜遲，立刻與佳萱一起趕往爐婆住處，將所有的事情告訴了爐婆。

爐婆抿著嘴，緊閉著雙眼，仔細琢磨了一會，才緩緩地說：「這件事情真的不好處理，我抓鬼的法術不如師姐，師姐的年事也已經高了，實在不方便要她出面，偏偏那臭小子現在又不在國內。」

爐婆所說的臭小子，當然就是那個名震黃泉界的黃泉委託人，謝任凡。

「就算那臭小子不在，如果有他在黃泉界的人脈，我想一定可以有辦法收服那個鬼魂。」

說到這裡，爐婆突然皺起了眉頭，一臉責備地轉向方正說：「都怪你不好，如果你當時不要堅持退還那兩個鬼，你看現在是不是簡單多了？叫他們兩個去對付他，讓他們鬼打鬼，一定可以制伏那個黑靈。」

「那我們現在再請乾奶奶幫忙吧？就請她再把那兩個禮物送給我？」

「很難。」爐婆搖了搖頭，說：「你不了解你乾奶奶，如果這黑靈是要對付你或我，或許她會出手相救。可是，這件事情根本就跟你、我無關，你想要從她那邊得到奧援，不容易。更何況，他現在的目標是要找任凡的麻煩，你又不是不知道你乾奶奶跟那臭小子的關係，怎麼可能會幫忙？不，應該說，你敢開口找她幫忙，肯定被她罵到臭頭。」

方正被爐婆提醒也才突然想到，的確，旬婆與孟婆本來就是死對頭，現在有黑靈要對付孟婆的乾孫任凡，說不定開口旬婆不但不幫忙，到時候還加派人手去幫忙黑靈，那可就非常不妙了。

搞不好還會引發一場黃泉大戰，光想就足以讓方正暈倒了。

方正猛點頭說：「對，絕對不能找乾奶奶。」

這下子又回到了原點，如果不能找乾奶奶，那自己又該如何對付那隻黑靈呢？

爐婆也在琢磨著這個問題，喃喃自語地說：「如果可以找鬼差商量的話，應該可以解決。」

的確，那個鬼是從鬼門關逃出來的，所以算是地獄的逃犯，自然可以請鬼差出面，畢竟鬼差算是地獄的警察，可是，這些人不是可以隨便找上來商量的對象。

這也是沒有任凡在的缺點之一，起碼他在鬼差界也有一定的地位。

豈料爐婆這句話說出口，方正立刻張大了嘴，整個人都跳了起來。

「啊，有。」

方正開心到跳了起來，整個人手舞足蹈了起來。

「你是著猴嗎？幹嘛突然跳了起來？」

「不是，乾媽，我有了！」

「有什麼？」

「我有認識的鬼差！」

「喔？」爐婆半信半疑地看著方正。

□

爐婆敲著桌子，正在舉行請鬼上門的儀式。

方正讓佳萓在外面等著，一個人坐在爐婆對面，等待著張大哥上門。

方正看著熟悉的一切，感覺到有點不可思議。

他還記得第一次看到這個儀式的時候，是跟任凡到撚婆的住處，請來的正是現在張大哥的長官鬼差，也是任凡的好友——葉聿中。

初次乍見這個儀式，方正還因為撚婆突然改變的聲音，嚇到像個姑娘一樣，緊緊握住任凡的手。

想不到現在卻可以一個人坐在這邊，靜靜地等待著鬼差上門。

內心沒有半點恐懼，還有點期待。

畢竟也好些時候沒遇到張樹清，也就是方正口中的張大哥了。

這時，爐婆敲桌子的聲音緩緩地停了下來。

「是誰啊？」熟悉的男子聲音從爐婆口中吐了出來。

「張大哥。」方正興奮地說：「是我，小白啦。」

「喔，是你啊。」張大哥上身的爐婆無力地笑著說：「怎麼樣？最近還好吧？」

「還好，張大哥，你還好吧？」

「還可以，你知道，就是一些公事忙來忙去的。」張大哥打了個哈欠，說：「昨天我才帶了十多個人下去報到。」

方正聽了吞了口口水，方正還是不能像任凡那樣，灑脫地看這陰陽兩界共存的世界。

「怎麼啦？為了什麼事情找我上來？」

「你還記得大約在差不多一年前，我們跟任凡一起去關鬼門的事情？」

對張樹清來說，那次鬼門關的任務也是一次充滿紀念價值的事件，因為那是張樹清第一次以鬼差的身分，制伏了一個黑靈。

「嗯，怎麼啦？」

「那一次的鬼門關，是不是有鬼魂沒有回去地府報到？」

「是啊，」張樹清無所謂地說：「你怎麼會知道？」

「那你們沒有派人來抓他嗎？」

「你也知道，鬼魂那麼多，總是有些違紀的鬼魂，就跟人一樣，到處都有人作奸犯科啊。」

張樹清聳了聳肩，說：「一切隨緣，遇到了再順手抓就好了。」

「現在就是啦。」方正聽到張樹清這麼說，順水推舟地說：「我已經知道他今天會到哪裡，就是你我都很熟悉的任凡他家。張大哥，如果你方便的話，今天就跟我去抓他吧？」

「你要請我抓黑靈啊？」張樹清挑眉問。

「嗯。」方正用力點了點頭。

「嗯……」張樹清沉吟了一會，一臉為難地說：「這有點為難我耶。」

看到張樹清欲言又止，故作為難的模樣，方正不知道為什麼有種似曾相識的感覺。

就在方正還在回想這種感覺是從哪裡來的時候，張樹清突然拍了一下桌子，直接了當地說：「這樣好了，你燒兩千萬給我，再給我一棟房子跟兩個女傭，我就幫你去抓這個黑靈。」

方正聽到了拍桌站起來，不敢置信地說：「什麼！」

想不到自己心中的張大哥，竟然會跟葉聿中一樣，開口跟自己要錢。

「別這樣嘛，小白。下面生活很辛苦的，尤其我的長官又特別愛打麻將。」張樹清哭喪著臉說：「我啊，輸到快要當褲子囉。」

方正一臉難以置信的模樣。

張樹清見狀，繼續哭訴：「你也知道我現在不是孤獨一人了，我有芬芳這個老婆，你我都知道，她不可能活一輩子，所以我必須先累積一點財富，這樣我老婆下來的時候，才能跟我一起住在豪華的別墅裡，一起享受我們的鬼生啊。」

方正彷彿石雕般，愣愣地聽著。

張樹清見狀，自己也覺得不好意思，畢竟這可是他第一次要人家「打點」。

方正過了好一陣子，才僵硬地點了點頭。

「好，我會想辦法。」

「對了，女傭最好是波稍微大一點的。」張樹清喜形於色的樣子也透過爐婆的臉表露無遺。

方正白了張樹清一眼。

「還有，」張樹清靠到方正耳邊小聲的強調道：「這件事不要讓芬芳知道喔。」

「知道了。」方正有氣無力地回答。

「好。」一聽到方正答應，張樹清也答得非常乾脆。「我這就下去準備，等等跟你到任凡的地方去，幫你對付那個黑靈。」

就在張樹清離開之際，方正無奈地趴倒在桌上。

他只感覺到一陣暈眩，怎麼張大哥會變成愛錢財又好女色的人。

果真是什麼樣的將領就會帶出什麼樣的兵。

想不到自己心目中正義凜然的張大哥，竟然會開口跟他要錢，此刻方正感覺自己跟張大哥的關係彷彿就像是任凡與葉聿中的翻版。

趴在桌上的方正重重地嘆了口氣。

5

方正將交涉的結果告訴爐婆。

「我還是不敢相信，張大哥竟然會跟我要錢。」

「俗話說有錢能使鬼推磨，」爐婆白了方正一眼。「下面的一切都需要靠錢打理，就跟人世間沒什麼不同，所以你也別在這邊怨天尤人了，既然他答應幫你，你就沒什麼好擔心的了。」

看到爐婆一臉放心的模樣，方正不禁擔心起來。

對，他可沒像爐婆那麼容易放心，他找來的鬼差可不是葉聿中那種身經百戰的高級鬼差啊。

過去張樹清的戰績一一浮現在方正的腦海之中。

他第一次對付黑靈的時候，把自己的勾魂鎖丟出去，還被一拳打暈過去，完全沒幫到什麼忙。

後來，雖然在鬼門關前第一次順利抓到黑靈，但是，與其說那是他抓的，不如說是任凡用中指幫他戳到黑靈，讓黑靈自投羅網的。

「你現在又是在煩惱什麼？」看到方正一臉苦瓜相，爐婆皺著眉頭，問道。

方正把過去張樹清的事蹟告訴爐婆。

「啊？有這麼兩光鬼差啊。」爐婆聽完大吃一驚，一臉讚嘆地說：「嗯，這算不簡單了，我看過的鬼差也不少，還真沒看過這麼兩光的。」

「乾媽，現在不是讚嘆的時候吧？」方正哭喪著臉說。

「你要不要再請他多帶點幫手來啊？」

方正聽了，張大了雙眼，但是，他旋即喪氣地又坐了下來。

「算了，光是他一個就可以花掉我一個月的薪水了，更何況他如果找幫手，我只是個小警察，哪來那麼多錢啊。」

方正想到當年葉聿中的價碼，光是隨便一個都比現在張樹清所開的多出好幾倍。

「嗯，那就只能這樣了，」爐婆拍了拍大腿，說：「畢竟說到錢啊，你乾媽學法術的代價就是『貧』，真是個賠本的選擇啊。如果早知道自己一輩子沒人可嫁，當時就應該選『孤』，搞到現在自己又貧又孤，總算是收了你一個乾兒子，才不至於又貧又孤又絕的，唉，也不見我的法術有別人三倍強，真是——」

「乾媽。」眼看爐婆一直抱怨自己的身世，渾然忘記自己乾兒子的處境，方正哭喪著臉：「我要是往生，妳就真的又貧又孤又絕了，現在專心點，好嗎？」

「嗯，真是抱歉。」爐婆不好意思地搔搔頭。

「現在該怎麼辦？」

「嗯。」爐婆沉吟了一會，說：「我給你一點法寶，讓你帶在身上吧，如果那個鬼差真的靠不住，那麼，至少你也可以全身而退。」

爐婆回到內室，過了一會之後，拿了一個袋子出來。

爐婆坐下來之後，從袋子裡拿出了一個草紮的娃娃。

「首先是這個替身娃娃，你只要將自己的血或髮，抹在這個身上，這樣一來，任何黃泉界的鬼魂都會把這個娃娃當成你，一直到這個娃娃上的法力消失，或者是被毀滅了為止。」爐婆拿著娃娃，向兩人解釋。「同時，它也可以當成收鬼的利器。只要厲鬼沒有了法力，你可以將這個替身娃娃押在他的額頭上，然後，再用火將這個替身娃娃燒掉，那時他的魂魄就會四散。」

方正從爐婆手中接過替身娃娃，爐婆補充說：「如果那個厲鬼還有法力，你怎麼壓都沒有用的，因為他的法力會保護自己的魂魄。不過，只要他失去法力，這娃娃對他來說，就是可以吸取他元神的法寶。」

看到這些，讓方正想起過去任凡也常常在處理委託的時候，側揹著一個類似的袋子。

娃娃則在上次在旬婆湯的委託中，似乎也拿來當成任凡與自己等人的替身，引誘項羽到廢棄小屋的道具。

原來，這些都是爐婆這一派法術的法寶。

「另外這一個呢，」爐婆從袋子裡拿出一個罈子。

這個方正更是熟悉，因為他不但在任凡住所的地下道裡面，看到類似這種罈子擺滿了兩邊牆壁，更曾經用這樣的罈子收伏過一隻黑靈。

「這個是可以吸取黑靈法力的特殊罈子，只要你可以將這個罈子，貼在黑靈的身上就可以了。」爐婆說：「不過，如果沒有絕對的把握，最好不要這麼做，因為黑靈的威力很強大，如果你還沒貼到他，先被他打到你的話，說不定你就死了。」

爐婆將罈子交給佳萱，補充說明道：「當然視情況而論，你可以自由應用。打得了就用罈子鎮他的法力，打不贏就用替身娃娃逃。當然也可以兩個一起用，將他的法力封入罈中，然後將娃娃押在他的額頭上，放把火把娃娃燒了，如此一來，失去魂魄的他就會跟著他的法力，一起被封在罈子裡。」

爐婆說得很輕鬆，但是，不需要方正去想也知道，這簡單的幾個動作說不定就算叫功夫高手來，都沒有那麼容易完成。

首先，光是接近黑靈，就已經夠讓方正感覺到九死一生，更何況還要用罈子吸他的法力，用娃娃封他的元神。

方正與佳萱互看了一眼，臉上都是無奈的表情。

看來真的只能祈禱，希望張大哥可以收服那個黑靈了。

第6章・決戰

1

在等張樹清到達，一切準備妥當之後，方正與佳萱偕同張樹清一起前往任凡的根據地。

方正將黑靈即將會襲擊這裡的事情，告訴了黃伯。

黃伯怕這裡的鬼魂會有損傷，所以帶著大家離開，先行避難。

原本熱熱鬧鬧的黃泉委託人根據地，在所有鬼魂撤出的現在，看來一片冷清。

方正記得過去，只要任凡對付黑靈的時候，大部分也是像這樣冷冷清清。

整塊空地只剩下方正與佳萱還有張樹清兩人一鬼，更是顯得空曠。

原本阿發也跟著來了，可是，在皎潔明亮的月光底下，阿發根本無法待在如此空曠的地方，另一方面又害怕捲入這場風波，只好先退到陰暗的地方。

張樹清身著黑色長袍，一手拿著黑鏈，另外一手拿著簿子與索命牒，與先前方正看到那個衣服不合身，黑鏈隨便纏在身上，一看就知道是菜鳥的模樣完全不同。

看到張樹清這副充滿自信的模樣，連方正都覺得張樹清說不定已經改頭換面了。

畢竟從他當上鬼差到現在，也超過一年了。

就算是警員，也已經從菜鳥變成老鳥了。

隨著時間越接近深夜，都市的喧囂逐漸淡去。

這裡本來就不是主要幹道，更不是人聲鼎沸的場所，所以一到深夜，四周沉靜得宛如在深山之中。

三人沒有交談，只是靜靜地等待著即將來臨的一場大戰。

「來了。」張樹清看著天空，淡淡地說。

果然，下一秒鐘，一個巨大的身影憑空出現在空地。

那個黑靈由左而右掃視過去，最後將眼光停留在方正身上。

黑靈一眼就認出，眼前的這個男人就是在廢棄工廠偷襲自己的男人。

如果不是身旁那個鬼差，黑靈說不定二話不說就把方正給宰了。

可是，眼前有一個鬼差，讓黑靈因此有所顧忌，隱忍不發。

不過，黑靈本來就是仇恨累積而成的產物，他也不可能就此放棄報仇的想法。

「這件事情跟你們無關！跟我有仇的是此間的主人，我的目標只是這裡。」黑靈不悅地指著方正等人說：「不想死就快滾！不然，等我毀了這裡，接下來就輪到你們了！」

方正聽到黑靈的咆哮，立刻縮起了脖子，一臉害怕的模樣。

可是，一旁的張樹清卻非常冷靜地將自己簿子與索命牒收起來，解下了黑鏈，一點也沒有退縮的模樣。

能夠開口向方正要錢，都是源自於這些日子以來的鍛鍊。

記得在地府的時候，身為張樹清長官的鬼差葉聿中，在知道張樹清曾經上去幫助過任凡與方正之後，曾經語重心長地告訴張樹清。

「阿清啊，我們雖然是鬼差，但終究是陰間的人，凡事都要為自己多多打算。」

雖然這些日子以來，張樹清有個老婆在陽世間祭拜他，可是，在什麼事情都需要錢來打點的陰間，開支總是有點入不敷出。

但是，張樹清終究是在陰間少數有正當職業的鬼魂，自然有其他管道可以撈點錢。

於是，在葉聿中的指導之下，張樹清開始鍛鍊自己抓鬼的技巧。

張樹清努力練習，就是希望有朝一日可以像葉聿中一樣，成為有名又有能力的鬼差。

如此一來，將來若是方正或其他人有什麼難處，自己可以順理成章地拿人錢財，與人消災。

果然，在經過了將近一年之後，方正透過爐婆將自己找了上去。

為了自己身為鬼差的第一筆生意，他決定好好表現。

一切的苦練就是為了這個時候。

張樹清揮動手上的黑鏈，熟練地將黑鏈甩在自己身前，形成一個保護網。

方正看到張樹清如此熟練的模樣，臉上也不自覺地浮現出笑容。

張大哥真的不一樣了。

方正心中的不安此刻一掃而空，轉過頭去對佳萱點了點頭。

眼看對方絲毫沒有退讓的意思，黑靈蹲下自己的身子，準備應戰。

張樹清與黑靈兩人彼此對峙，觀察著對方的動作。

一切感覺就好像電影中兩個高手的對陣，方正與佳萱緊張地看著兩人之間的對峙。

就在這個時候，張樹清揮動手上的黑鏈，朝黑靈抽了過去，為這場戰鬥開啟了序幕。

黑靈早有準備，一看到張樹清發動攻勢，閃過他的這一抽，立刻欺身到張樹清身邊。

張樹清手上拿著的這條黑鏈本來就是鬼差的標準配備，不管是黑靈，還是白靈，只要被這條黑鏈抽中，就算不被綁住，也會受到重傷。

所以，黑靈不敢大意，盡可能地接近張樹清，不讓他有拉開距離，揮動黑鏈的機會。

想不到張樹清對此也有防備，眼看著黑靈朝自己靠過來，張樹清將手上的黑鏈一扯，黑鏈立刻飛了回來。

張樹清用手腕的力量揮動著黑鏈，黑鏈立刻在面前不停轉動，逼得黑靈不得不退開。

一等到黑靈退到一定的距離，張樹清又扯動黑鏈，朝黑靈抽過去。

黑靈見棲身不成，於是反其道而行，盡可能保持跟張樹清之間的距離，確保自己不被黑鏈抽到。

雙方就這樣維持著你抽我躲的態勢，一直持續了好一陣子。

雖然發動攻擊的都是張樹清，但是，黑鏈沉重，加上張樹清又不敢全力進攻，怕反而會失去自己主導的位置，因此始終攻擊不到黑靈。

就在張樹清跟黑靈纏鬥的時候，眼看著張樹清雖然略居優勢，但是，卻遲遲未能收服黑靈，方正也有點著急。

這時，方正想到了爐婆給他的法寶，於是拿出了鐔子，準備從後面偷偷看有沒有機會吸到黑靈的法力。

黑靈這邊專心在對付著張樹清，渾然沒有注意到身後的方正。

黑靈與張樹清不斷地移動，方正很勉強才能跟上兩人的腳步，好不容易跟上了，正準備夾擊黑靈。

誰知道黑靈一個側身看到了方正，而另外一邊的張樹清看到了黑靈分心看向方正，心想機不可失，立刻抖動手上的黑鏈，朝黑靈打了過去。

想不到黑靈怕被兩人夾擊有失，身形一閃，立刻退下，整條鎖鏈打了個空，竟然直直朝著原本在後面想要夾擊黑靈的方正而來。

方正見狀，立刻轉身想要閃避。

呼啪的一聲，清脆又刺耳，宛如被人呼巴掌的聲音伴隨著方正的哀嚎，響徹了整棟廢棄大樓。

張樹清這一抽可是說卯足了全力，只見方正的屁股頓時開了花，不但褲子被抽出一條縫，裡面的屁股又腫又紅，留下一條清晰可見的鞭痕。

方正痛到飆淚，立刻摀著屁股，又跳又叫地退回左側大樓。

想不到自己苦練的這一抽非但沒抽到黑靈，還立刻廢了方正，張樹清惱羞成怒，衝上前一陣狂抽。

可是，先前瞄準半天都沒辦法抽到黑靈，此刻張樹清怒火攻心，一陣狂抽之下，竟然連半下都沒有抽到，反而讓自己的體力大量耗盡。

張樹清上氣不接下氣，才剛退下，黑靈見機不可失，立刻上前纏住了張樹清。

這接連幾下進退，讓黑靈從原本的劣勢，瞬間回到了優勢。

只見黑靈的一拳比一拳還重，而張樹清卻是連喘氣都有點困難。

張樹清見黑靈的力量這時已經在自己之上，而自己又沒有辦法可以收服他，心知不妙，對方正大喊：「不行！這傢伙太猛了！撤！快撤！」

想不到真的連張樹清都對付不了他，方正只好拉著佳萱，趕緊準備逃離廢棄大樓。

2

方正拉著佳萱，跑到了左邊後面的廢棄大樓。

果然連張樹清都無法對付這個黑靈，事到如今也只能保命要緊了。

看到那厲鬼凶猛的模樣，比起當年的鐵刀有過之而無不及，方正嚇到整個人都在發抖。

然而，就在方正準備帶著佳萱逃離這裡的時候，方正回頭看了這裡一眼，剎那間有了一個領悟。

一旦方正跟佳萱逃離這裡，這裡的一切都將會在今晚毀滅。

看著眼前這兩棟熟悉的廢棄大樓，回憶全都湧上了方正的心頭。

在任凡的辦公室中，方正第一次與任凡合作，兩人曾經一起光著屁股，全身赤裸地抹上蓋棺泥，點著迷魂燭，在房間中與鐵刀纏鬥，中間還一度因為戰況緊急，自己像個被調戲的姑娘般，被任凡抓住胸部。

而在這個中庭，方正也曾經光著屁股拿內褲罩住惡鬼，救了任凡一命。

過去的景象一幕幕浮現在眼前。

身體漸漸不再發抖了。

如果那厲鬼將這裡徹底毀了，不但那些居住在這裡的鬼魂們都會流離失所，就連自己與任凡共同的回憶也會失去寶貴的地點。

這時，方正已經帶佳萱回到了車子旁邊，他將鑰匙交給佳萱。

「妳走吧。」方正面無表情地說：「快走，絕對不要回來。」

佳萱不敢置信地看著方正，這一點都不像方正會說的話，也一點都不像他會做的決定。

沒有給佳萱任何挽留的餘地，方正轉身，回到任凡的根據地。

前一刻在中庭，張樹清與黑靈纏鬥著，但是，剛剛一看到方正已經帶著佳萱離開，張樹清也不想再跟他纏鬥，抓到了一個空檔，立刻鑽入地板，逃回到地府去了。

想不到自己連鬼差都可以打贏，黑靈狂妄地大笑了起來。

「哈哈哈哈哈！」

今晚，他的仇恨將在這裡好好宣洩一番。

當黑靈笑聲暫歇，眼前一個人影讓他笑容頓時消失。

方正就站在中庭，臉上沒有絲毫害怕的神情。

「別想在這裡撒野。」方正咬牙切齒地說：「因為，這裡是任凡的領地！」

黑靈不屑地打量了方正一眼，哼的一聲，撲向方正。

□

他到底想要幹什麼？

眼睜睜看著方正又回去廢棄大樓的佳萱，過了一陣子才回過神來。

過度的驚訝讓她簡直不敢相信，剛剛跟她說那些話的人就是方正。

一開始，她還以為方正有什麼想法，但是，現在連方正請來的幫手都打不過那個黑靈了，方正一個人又能如何呢？

雖然方正要佳萱自己先離開，但是，佳萱怎麼可能丟棄方正不管？

於是，在等不到方正回來的情況之下，佳萱又下了車，小心翼翼地走回廢棄大樓。

佳萱才剛走進廢棄大樓，一個不可思議的畫面浮現在她眼裡。

中庭中，方正緊握著另外一個替身娃娃，與那黑靈互相對峙。

黑靈怒號一聲，重新撲向方正。

只見方正靈巧的左閃右避，盡可能跟黑靈拉開距離。

一個渾然不同的方正顯現在佳萱面前。

只見方正咬緊牙關，躲過黑靈的猛烈攻擊。

人就是這麼不可思議，當有自己想要保護的東西時，都會特別勇敢。

現在的方正不再想要逃，因為這裡是他的好友任凡的家，也是他擁有許多寶貴回憶的地方。

自從任凡離去之後，方正一直害怕自此之後，就再也見不到任凡了。

而這裡，是他跟任凡擁有共同回憶的地方。

不管怎麼樣，都不可以讓一個黑靈毀了這裡。

方正冷靜地應戰，但是，始終處於挨打的局面。

佳萱在一旁看得膽戰心驚，雖然目前方正還沒有受傷，但是，再這樣下去不是辦法，方正這樣只守不攻，遲早會被黑靈打傷。

佳萱這時想起了爐婆交給方正的鐔子，而方正的手上目前只有娃娃。

佳萱四處找了一下，果然看到鐔子跟方正脫下來的外套放在一起，佳萱見了，立刻跑了過去。

黑靈原本以為可以輕鬆就解決方正，卻萬萬想不到這個一看到自己就軟腳的傢伙，現在突然那麼冷靜地躲開了自己的攻擊。

方正一直想辦法要逃到左邊那側的大樓，讓黑靈覺得事有蹊蹺。

所以，黑靈一直想盡辦法可以將方正困在右側大樓這邊，不讓他靠近左側的大樓。

豈料方正這時突然一直退，似乎在引誘黑靈離開左邊大樓。

這讓黑靈感覺到不太對勁，一拳將方正逼退之後，一回頭，果然就看到一個女子正抱著鐔子站了起來。

黑靈一眼就認出來，那個鐔子是有法力的。

當然，原本方正就一直想要去拿那個鐔子，可是，無奈這點似乎被黑靈看穿了，說什麼都不讓他靠近。

就在那個時候，方正看到了原本應該已經離去的佳萱，偷偷朝鐔子那邊走。

即使沒有任何言語，方正也立刻朝右側的大樓退去，想辦法吸引黑靈不要靠近佳萱。

想不到這時候卻被黑靈發現了。

眼看佳萱捧著鐔子，想從後面偷襲自己，黑靈一聲怒號，朝佳萱撲了過去。

佳萱見到黑靈突然朝自己這邊來了，趕緊將鐔子朝方正的那個方向丟過去。

黑靈伸手想要去阻攔，又害怕鐔子的法力，所以只能眼睜睜看著鐔子飛過去。

方正見狀，將替身娃娃放在胸口的口袋，立刻撲過去，接住了鐔子。

趕到佳萱面前的黑靈，憤怒地順勢一腳踢在佳萱的腹部，佳萱整個人飛了出去。

這一下雖然不至於讓佳萱喪命，但是，卻讓佳萱整個人暈了過去。

眼看佳萱被黑靈攻擊，方正怒火中燒，接到鐔子之後，二話不說立刻撲向黑靈。

黑靈左閃右躲，但是沒幾下，他就被不要命似的方正手上的鐔子吸住。

方正一感覺到鐔子有吸力，更是用力將鐔子往黑靈的身上壓。

黑靈感覺到自己的力量瞬間迅速流失，用力揮著拳頭攻擊方正。

方正看到黑靈揮動著拳頭，立刻移動身體，將鐔子轉到黑靈的身後。

雖然黑靈的力量快速消失，但是，黑靈所揮出的一拳拳也宛如重量級的拳擊手那般恐怖，方正不敢大意，可是兩人距離非常近，方正還是被揮到了幾下。

那幾下雖然不至於打退方正，也讓方正感到疼痛無比，但是，方正仍然咬緊牙關苦撐。

在施有法力的罈子吸收之下，黑靈的法力與力量大量迅速的流失。

而不管黑靈如何掙扎，就是沒辦法將方正擊退，最後，法力就這樣迅速被吸入罈中。

就在手上的吸力消失的同時，掙扎半天的黑靈終於抓到了方正的行動，重重的一拳打在方正的胸口。

方正被這一拳打退了好幾步，原本放在胸口口袋的娃娃也在這股力道中被打飛了起來。

娃娃就這樣飛了起來，這時方正也管不了那麼多，拿出了符籙，一手拿罈，一手拿符籙，準備將符籙貼在罈口，封印黑靈的力量。

另外一邊，大量喪失力氣的黑靈眼看方正要封住罈子，立刻撲向方正。

方正也沒有多餘的手可以抓住娃娃，用兩隻手封住罈子的同時，看準了飛在兩人中間的娃娃。

這時，黑靈也正好迎面衝撞了過來，方正咬緊牙關，用頭去撞擊娃娃，接著撞在黑靈的額頭上。

這一擊，不管方正，還是黑靈，都是一陣頭暈眼花。

黑靈用盡全力朝方正捶過去，方正被黑靈打飛了開來，同時法術盡失，元神又被封的黑靈也因為方正的陽氣而彈了開來。

兩人就這樣朝反方向飛開，那個吸取了黑靈元神的娃娃筆直地掉在草堆之上。

想不到最後竟然會是如此這般兩敗俱傷，方正被打倒在地上，又因為與黑靈這般對撞，導致全身都麻痺了，動彈不得。

另外一邊的黑靈也因為法力盡失而動彈不得。

罈子與娃娃都落在地上。

一場無聲的競賽在這裡展了開來。

如果讓黑靈先凝聚了力量，一點一滴慢慢地從娃娃身上重新取回元神，這個娃娃就廢了。到時候光是赤手空拳都足以對付方正，更何況他還可以拿東西把罈子打破。

另一方面，只要讓方正因為與黑靈正面撞擊，類似卡到陰那般因而麻痺的身體重新恢復行動，屆時方正必定燒了娃娃，將黑靈與他的法力封入罈中。

3

方正與黑靈仍然倒在地上，動彈不得。

烏雲逐漸遮住了明月，本來就沒什麼照明設備的廢棄建築，這時也陷入了幾近伸手不見五指的黑暗之中。

一直躲在遠處黑暗之中的阿發終於可以現身了。

他趕到了中庭，卻看到了眼前不知道是怎麼一回事的景象。

只見方正與那厲鬼，一人躺在一邊的地上動彈不得的模樣。

而在兩人中央的地板上，一邊是掉落在草堆上的娃娃，一邊是放在地上貼有符籙的罈子。

兩人看到了阿發前來，先是一愣，然後，互相看著對自己有利的東西。

「阿發，你來得正好！」方正率先向阿發求援。「快點！幫我點火燒掉那個娃娃！」

阿發聽到了方正這麼說，看了看黑靈，又看了看娃娃。

而黑靈這邊聽到了方正這麼說，也轉頭向阿發說：「你就是那個一直跟著我的鬼魂吧？我一直都知道你跟著我，我一直沒有跟你說話，但是我可以感覺得到，你是希望跟我一樣強大吧？」

的確，在黃泉界的鬼魂們大部分時間是用感應的，可以感應到彼此鬼魂之間的存在。

這種感應的力量，也有分強弱。

當彼此之間感應力弱的時候，只能感覺到對方的存在，但是，當雙方的感應力強的時候，甚至連對方的感覺跟想法都可以感覺得到，更有甚者，不需要言語也可以知道對方過去的人生。

這就跟人與人之間的相處大致上雷同，有些人不管相處多年，仍然形同陌路，但是，有些人卻可以一見如故。

在這段時間裡，黑靈早就已經感覺到阿發的存在，甚至連阿發想要變強的感覺都可以感受到。

不過，因為他對自己無害，所以黑靈並沒有特別對阿發做些什麼。

果然，阿發一聽到黑靈說的，臉色微變。

「只要你幫我找東西砸了那個罈子，我就把我力量分給你。」

「什麼？」

方正看向阿發，一看到阿發的臉色，方正也不禁感到害怕。

阿發的臉上透露出他猶豫了。

「你忘記了嗎？」眼看到阿發猶豫，方正趕緊心戰喊話。「是你說要跟我成為搭檔的，現在只差一步了，只要你點燃那堆草堆，燒掉上面的娃娃，我保證全黃泉界都會知道，你阿發就是我白方正的搭檔。」

阿發聽了，臉上又露出期待的神情。

「哈，不要笑死人了！」黑靈也趕緊加入戰況，以免阿發真的投向方正那邊。「當白什麼的搭檔有什麼好？我給了你力量，讓你自己就可以在黃泉界發光發熱，不是更好？」

阿發聽了，眼睛也跟著亮了起來。

的確，從利益的角度來說，他已經厭倦了這種必須小心翼翼躲避著任何光線的生活。

「你也不想再平凡了，對吧？」黑靈就像是心靈的惡魔般，不但將話傳到了阿發的耳裡，更傳到了他的心坎裡。

「對！」阿發低著頭堅定地說：「我不想要平凡過一生！」

「只要你打破那個罈子，你就不會再平凡了！」

「對，我不要再平凡，我也要有我自己的傳說！」

「只差一步了！只要打破那個罈子，你一定會成為傳說的。」

阿發用力地點了點頭，看了方正一眼，然後堅定地回過頭去，朝罈子走過去。

笑容慢慢浮現在那個凶惡的黑靈臉上。

「住手！」方正叫住了阿發。「平凡？平凡有什麼不好？平凡有平凡的偉大。」

聽到方正這麼說，阿發啊的一聲，回過頭來，不屑地看著方正。

這是什麼屁話？平凡有平凡的偉大？

難不成真有人會說：「喔，你考六十分，好平凡喔，好偉大喔。」這種屁話嗎？

當然是要一百分、一百分，連續來個一百次，才會有人說偉大啊。

「很多偉大的故事都沒有不凡的主角，他們的主角都非常平凡。」方正一臉理所當然地說：

「在我看來，那些為了孩子而犧牲自我的父母親，比黃泉委託人創下的傳說更偉大。」

「什麼？」

阿發聽了，簡直不敢相信。

開什麼玩笑，拿一般的父母親跟阿發心目中的偶像黃泉委託人比，怎麼可以相提並論？

「對啊，在你們看來，這很平凡，但是他們『平凡』地捨棄自己的興趣，『平凡』地奉獻出自己的時間，甚至『平凡』地犧牲掉他們的一切，這就已經很偉大了。」

聽到方正這麼說，阿發感覺自己瞬間好像抓到了什麼。

「偉大，就是累積正確又平凡的決定，才能創造出傳說的。」方正說：「我相信，如果任凡在這裡，他也會這麼告訴你，因為，他離開就是去尋找那為了他犧牲一切的母親的魂魄。」

原來，黃泉委託人竟然是為了這個離開的？

阿發一點都不知道。

「只要可以做出正確的抉擇，」方正說：「再平凡的人，也會成為傳說。」

這句話敲醒了阿發。

聽到方正這麼說，阿發不再猶豫，他轉過頭問方正，堅定地問：「要怎麼點火？」

「火柴。」無法動彈的方正用眼神示意位置。「在我外套那邊的口袋裡有我準備好的火柴。那個娃娃就在那堆草堆上，你只要點燃草堆就可以了。」

看到阿發已經毫無猶豫，黑靈一臉凶狠地說：「你會後悔的。」

阿發無視黑靈的威脅，畢竟他還堅持留在人世間，就是因為不希望自己再如此平凡了。現在的他已經完全豁出去了。

阿發找到了火柴，奮力拿起了火柴，這可是他自我鍛鍊多時才學會可以拿取陽間物品的技巧。

他不再猶豫，拿出一根火柴，熟練地劃亮火柴。

在火點燃的那一剎那，阿發突然想起自己的虛弱，對他來說，就連這樣的火光都太亮了。

果不其然，在火點燃的那一瞬間，阿發的世界立刻陷入一片黑暗。

「糟了！」阿發哀嚎道：「我瞎了！這下要好幾個月才能復原了。」

「啊？」方正驚訝地看著阿發。

只見失去了視力的阿發，在驚慌之下，早就已經失去了方向感，但是，隨著手上的火柴越燒越旺，他趕緊朝著失去視力之前，所看到那堆草堆的方向丟出手上的火柴。

可是，在失去視力之時，阿發隨便亂動，早就已經亂了方向，這時火柴自然不是朝著他心中所想的目標而去，而是完全相反的方向。

就這樣，方正眼睜睜看著火柴在空中劃出一道弧線，最後，不偏不倚地落在封印罈上。

罈上的封印符立刻被火柴上的火點燃，轉眼間就燒成了灰燼。

4

阿發這突如其來的狀況，真的讓方正與黑靈都傻了。

想不到事情竟然會如此急轉直下。

原本搖擺不定的阿發好不容易終於決定幫助方正這邊，就連那個厲鬼黑靈都已經覺得萬事休矣，只能眼睜睜看著阿發封印住自己的靈魂。

誰知道阿發竟然在點燃火柴之後，弄瞎了自己微弱的雙眼，點燃的火柴就這樣好死不死地掉在封印力量的罈子上，並把那張封印符燒了。

罈子失去了封印符的力量，原本喪失的力量再度凝聚在黑靈身上。

「我看不見了！」阿發大聲嚷嚷地叫道：「怎麼樣？我燒到了嗎？」

看著阿發隨便揮動著雙手，宛如瞎子般的在草叢中亂逛，方正氣到整個人都快要暈過去了。

想不到這個兩光的鬼竟然會越幫越忙。

找這種人幫忙，真是遇人不淑到了極點。

回想起剛剛自己奮力要說服阿發的模樣，簡直就像是個找死的白痴，早知道阿發連這種事情都做不好，剛剛自己也不需要費盡心思說服他，乾脆讓他去幫那個厲鬼，說不定情況還比較好一點。

方正這下子真的是欲哭無淚。

只見那黑靈慢慢地露出笑容，並緩緩地站起身來，方正知道，就算現在任凡在旁邊，恐怕也挽回不了這個局面了。

到了這種生命危在旦夕的時候，方正一點也不覺得後悔。

心中甚至完全沒有出現那種「如果剛剛用替身娃娃逃跑就好了」的想法。

他默默地承擔這個選擇的後果。

渾然不知自己已經鑄下大錯的阿發還在那邊問著：「我燒到了沒？我燒到了沒？」

黑靈看阿發已經瞎了眼，宛如瞎子般東南西北分不清的模樣，冷冷哼了一聲。

「我等等再來收拾你。」

黑靈轉向方正，不懷好意地笑了一聲。

的確，對這個黑靈來說，現在的方正才是最該死的人，他不但阻止了自己毀了這個地方，還差點封印住自己。

黑靈走到了方正面前，此刻的方正知道，這種對象不是你求饒就會放過你的那種敵人。

萬事休矣。

方正也只能眼睜睜看著黑靈，用最殘酷的方式結束自己的生命。

黑靈站在方正的面前，雙眼冷酷地看著方正，方正面無表情地看著黑靈，不發一語。

黑靈眼看方正半點求饒的意思都沒有，也不再多說什麼，狠狠地一拳朝著方正而來，只要這一拳下去，方正連死後的魂魄都會被打散。

拳風震撼了方正的臉，就連方正都覺得自己這次是真的完了。

方正緊閉雙眼，等待著死神的呼喚。

過了一會，那種心中預期會產生的劇痛並沒有發生，方正才緩緩張開雙眼。

只見黑靈那充滿黑氣巨大的拳頭，在方正的眼前停了下來。

怎麼回事？

方正看著這幕彷彿時光暫停的景象。

就連黑靈都不知道，哪裡來的一股力量將自己的拳頭定住，讓他動彈不得。

一個冷冷的聲音，敲響方正與黑靈的疑惑。

「住手。」

方正與黑靈回過頭去，只見一個矮小的身影出現在入口處。

在場的方正與黑靈一起異口同聲地叫道：「借婆？」

第7章・於是，成為了傳說

1

又是一個悲慘的故事。

這個悲慘的故事，相信你或許有耳聞，但是，應該沒有機會在你的身邊見到類似的案例。

故事的主人翁是個太監。

當然，跟其他所有太監一樣，這不是一個你天生可以做的職業，而是必須經過一定的手續才能「勝任」的職業。

因為太監有著自己獨特的系統與規矩，所以入宮的時候，大部分都未成年。

換句話說，大部分的太監都不是自己「選擇」從事這個行業，而是家裡人替他做的決定。

畢竟，隨著年歲的增長，那個太監不能擁有的東西，在男孩子的心目中會變得越來越重要。

很少有人會做出這樣的決定。

再者，皇宮的戒備森嚴，用人嚴謹，若不是從小做起，很難讓人信任。

故事的主人翁在進宮之後，被主管稱為小故。

小故是個乖巧的小孩，有點懦弱怕事，但是過了幾年下來，他的乖巧為他贏得了許多讚賞，更被安排去服侍公主。

只是，就連他自己都不知道，這樣的讚賞給別人的另外一種評價，竟然會為他惹上天大的麻煩。

一件天大的事情，降臨在這個末代王朝。

公主竟然未婚懷孕了。

這對皇宮來說，不，就算是降臨在一般家庭，這也是一件大事，更何況發生在萬人之尊的公主身上。

皇上與太后為這件事情憤怒不已。

當然，這兩位老人家與其他一般家庭的父母一樣，永遠不知道是誰搞大自己女兒的肚子。

很不幸的是，小故知道是誰。

畢竟是身為一個貼身服侍公主的僕人之一，哪些人來找過公主，小故不可能不知道。

皇上也這麼想，所以，第一時間當然先責問這些僕人。

小故不敢說，畢竟他知道自己的身分有多麼微薄。小故雖然年紀輕，但是，多年在皇宮裡打轉的經驗告訴他，類似這種嚴重的指控，自己這種下人還是閉嘴比較好。

反正，嫌疑不會落在自己身上，就萬事安了。

可是，事與願違，在皇上與太后親口詢問之下，公主竟然坦承了。

在婢女的指認之下，加上公主的自白，還不清楚狀況的小故就被侍衛給押入牢中。

是的，為了保護自己腹中孩子真正的爹，公主選擇了犧牲小故，這個忠心的僕人。

一開始，小故還有恃無恐。

開什麼玩笑，我可是太監，讓人懷孕，我這太監豈不是白當了？

但是，在御醫的檢查之後，就連不具有生殖能力的小故，也被當成了真正的男人。

他沒有淨身乾淨——御醫的這個報告，直接讓皇上做出了最殘忍的抉擇。

於是，故事的發展就足以讓小故三生難忘了。

首先，他看到了自己許久不見的至親一個接著一個被拖到牢房，一個接著一個被處以極刑。

小故的雙親在被押解到刑場時，雙眼凝視小故的那股恨意，讓小故痛心又痛苦。

這實在是太諷刺了。

一個沒有生殖能力的處男，最後竟然要以姦淫之罪被人處死。

他不敢相信這個事實，即使當他被處以五馬分屍之刑，他還是不敢相信這個事實。

他大喊著孩子真正的父親，就是當朝的大將軍，可是，當然沒有人會相信他。

小故不敢相信，普天之下竟然會有如此離譜的事情。

他更不敢相信，這個世界竟然有人可以如此無所謂的犧牲他人的生命，只為了掩飾自己的過錯。

於是，他不願接受鬼差的帶領，他決定復仇。

他的死給了他絕大的力量，就算對手是英武的大將軍，也不會是自己的對手。

但是，天不從人願，這幾個仇人卻沒能等到他復仇。

那個將軍在戰死沙場後不久，國家就被滅了。

身為公主、公主的婢女與御醫等人，也在同時與國家共存亡了。

就這樣，小故空有一身仇恨的力量，卻沒有可以報仇的對象。

於是，他下定決心，他決定等。

罪人贖罪的過程是漫長的。

這些仇人因為罪孽深重，所以，等輪迴要等上許久。

但是，仇恨的心給了他等待的力量，他一直等，等了數百年，等到了帝王集權制度都已經瓦解，終於讓他等到了這些仇人重新轉世。

可是，他有一個非常嚴重的問題需要解決，因為孟婆湯的原因，他們沒有人記得自己做過什麼。

當然，這對小故來說，倒不是什麼大問題。

因為不明不白的死去，也沒有什麼不好，反正都是被冤枉，看著他們枉死，不明白自己為什麼要被殺的那種模樣，對小故來說，也是種痛快。

小故真正想要的，並不是要他們記得自己曾經做過的事情，而是要他們知道恐懼，那種等待著被處刑的恐懼。

於是，他決定找上一個傳說。

一個可以幫他達成任何事情的傳說。

2

距今七年前。

為了一條因果線，借婆又來到了人間。

就在借婆處理完畢的時候，正準備回到地府之際，一個巨大的黑靈站在借婆的面前。

雖然這黑靈比借婆還要高大三、四倍，但是，借婆可以清楚地看到，在那個因為能量所聚集的黑氣之下，眼前的這個黑靈只不過是個乳臭未乾的少年。

這個黑靈正是那個被人冤枉處死的小太監——小故。

「您就是借婆嗎？」

借婆打量著眼前的小故，緩緩地點了點頭。

「我想要求您一件事情。」

借婆那對尖銳的雙眼冷冷地瞪著小故，即使已經是個凶狠的怨靈，但是，在借婆的眼光下，小故仍然感覺到恐懼。

借婆緩緩地問：「你知道我的規矩嗎？」

小故緩緩地點了點頭。

早在他前來找借婆之前，他就已經聽過借婆的傳說了。

「萬事皆有報，你了解自己現在的作為，終會有報吧？」借婆彷彿了解他的來意，但是，語氣仍然冰冷地說：「不需要假於你手，因果輪迴會幫你討回公道，即使這樣，你還是決定自己來嗎？」

小故幾乎毫不猶豫地點了點頭。

他早就知道，他們在地府受到的責難，也知道他們即便是在來生的現在，日子也都不好過，可是，小故不願意放棄，他還是希望自己可以手刃這些禽獸。

借婆見狀，冷笑了一聲。

「所以，」借婆抬起頭來，仰望著一片漆黑的天空。「你希望那幾個人有陰陽眼，可以親眼看到你的報復，是嗎？」

小故先是一愣，然後才恍惚地點了點頭。

不愧是與大名鼎鼎的孟婆、旬婆並稱的黃泉三婆之一，好像打從一開始，借婆就什麼都知道了。

小故為此再度感到恐懼萬分。

「好吧，但是你要記住，你欠我的……」借婆說著，杖上的八卦球開始激烈地轉動了起來。「我終究會讓你還！」

借婆說完，將杖用力敲向地板，大地就好像地震般，立刻發出一道悶響，天空也跟著落下一道閃電，照亮借婆那令人不寒而慄的臉龐。

那晚，在台灣的幾個角落，有幾個男女在一夜之間有了陰陽眼，只是他們都不知道，這只是一種因果輪迴的起點而已。

3

在確定了借婆的法力真的有效之後，小故二話不說，立刻開始展開他的復仇之旅。

在小故的仇恨名單中，他最恨的莫過於公主了。

因為位高權重的她，正是將矛頭指向他的真凶，其他仇人說穿了，不過就是迎合她的說法。

所以，小故決定把公主留到最後。

而另外還有三個人，分別是那個真正與公主通姦的大將軍、在皇上面前證實真的有見過小故偷溜進公主房內的婢女，以及睜眼說瞎話，宣稱小故沒有淨身乾淨的御醫。

由於公主婢女再怎麼說也是下人，雖然埋沒良心，栽贓了小故，但是同為下人的小故，還是可以理解。

所以，小故打算先殺她，讓她早死早超生，不至於受到太多苦。

因為這是小故第一次復仇，所以，轉生之後的婢女雖然搞不清楚為什麼自己會遭此下場，但是，整個過程還算順利，不至於拖泥帶水，讓她太過於痛苦。

但是，也因為小故下手太快，讓他感覺到後悔，他覺得這樣做太便宜了婢女。

於是，為了彌補這樣的缺憾，他決定多殺一個婢女的親人，也就是這個婢女在人世間相依為命的兒子，讓這個婢女即使在死後，也可以嚐嚐他當年在牢裡，看著親人被殺的感受。

擔心自己親人的婢女，果然因為看到小故步步逼近她的兒子而痛苦不已。

小故為此覺得滿足，他沒有立刻將那個婢女的兒子殺死，而是慢慢折磨著婢女的兒子。

為了保護親生骨肉，婢女就算犧牲自己的魂魄也在所不惜。

可是，婢女不如小故有如此大的怨氣，自然沒有辦法阻止小故。

就在婢女覺得一切都已經沒希望的時候，其中一個鬼告訴她一個傳聞。

聽說最近在人世間有一個不得了的人物，打著黃泉委託人的招牌在延攬生意，而他做生意的對象就是這些在黃泉界的鬼魂。

只要你能付得起報酬，他就會幫你完成委託。

於是，婢女立刻循線找上了當時才剛創業不久，後來變成傳說的大人物，黃泉委託人。

任凡當年才剛得到這座後來成為黃泉界地標的廢棄大樓，牆上那六大不接原則，當年只有三條。

婢女委託任凡，希望他可以保護她這一生在乎的那些家人，任凡接受了她的委託。

當然，在任凡三大不接原則中，並沒有不承接黑靈生意的這一條。

這一條是在多年後，撚婆退休之後，才特別加上去的。

在這之前，任凡與撚婆一點也不排斥接黑靈的委託。

更何況這次黑靈已經殺了一人，還想殺害人家全家，撚婆自然不會坐視不管。

在任凡與那隻咬著任凡手指不放的鬼魂以及撚婆的合力之下，他們將小故打倒了，並送小故回到了地府。

小故還以為自己這一生復仇都沒有望了。

在地獄中，小故為自己的罪孽贖罪，但是，心中的恨與怒卻絲毫未減。

就這樣，小故在地府中度過了幾年的光陰，只有每年鬼月的時候，才能出來遊蕩。

可是，力量被地府束縛，早就已經不能讓他報仇了。

每年，他都只能眼睜睜看著這些仇人，在人世間逍遙，而自己卻得在地獄受苦受難。

小故因為親手手刃了一個仇人，所以被判入牛坑地獄。

在地獄裡，小故一會兒被綑綁在柱子上，讓狂暴的牛隻衝殺，被牛角戳得全身坑坑洞洞，卻又不能得死，另一會兒又被關入洞中，幾十頭牛隻踩踏在他身上，直至全身潰爛，也無法求死。

漫長的一天過去後，一陣風吹過來，會讓身上所有的傷痕全部消失，隔日又得再重新被凌虐一次。

每天不斷不斷地反覆同樣的極刑，讓小故求生不得，求死不能。

每天最痛苦的，莫過於那陣將一切回歸為零的風吹來的前夕，那時小故的痛楚達到極點，身裡跟心裡的痛楚更像一桶倒入火中的油桶般，讓小故痛恨的心更加旺盛。

他不肯放棄任何一點的希望，不管那個希望多麼渺茫，只要給他機會，他就算爬也要爬出地獄，讓那些仇人不得好死。

就這樣過了幾年之後，小故的機會來了。

那年鬼月，有一群不知死活的大學生來到放出小故的鬼門附近遊玩。

他們對鬼魂的不敬已經到了人神共憤的地步，就連和他們沒有冤仇的小故都差點抓狂。

只是，現在事情如果鬧大了，不要說偷逃出鬼門，說不定還會立刻被押回去。

小故看著這些大學生又是在別人的墳前小便，又是抄墓碑的，甚至還說鬼故事來取笑、咒罵一些鬼魂。

就在這時候，小故看見這群大學生將鬼門附近的一塊鎮魂石搬開，拿去當成他們的烤肉用具。

一名凶狠的女鬼被釋放出來，惡狠狠地瞪了他們幾秒之後，便衝進了其中一名女學生的體內。

一直計畫著如何逃離鬼門的小故，頓時有了想法。

鬼門對於從這裡出來的鬼具有束縛力，讓小故沒有辦法離開這裡太遠，而這也是為什麼小故不乾脆直接逃走的原因。

有惡靈逃出，甚至還上了人的身，再加上這裡又死了幾個人，關鬼門勢必會有困難，到時候可能會引發一場風波，自己就可以趁亂逃走。

而自己該怎麼逃，看到那女鬼的做法，小故心中也有了個明確的答案。

在關鬼門前的這段時間，小故四處觀察附近的地形，設計逃脫路線。

這次一定要成功，能不能完成復仇，就看今晚了。

時辰將近，小故找了個自認為是絕佳的場所躲起來。

時間一分一秒過去，這塊土地上聚集的鬼魂越來越多。

而在這之中，有一隻鬼魂就和小故自己一樣，形跡鬼鬼祟祟，最後居然也找了個地方躲藏起來。

但這件事情與小故無關，就算其他鬼跟自己一樣想逃脫鬼門，那也是他家的事，只要不干預到他的計畫，他也不想管這麼多。

過沒多久，在小故眼前竟然出現了一個不得了的人物。

那正是他想逃出鬼門的原因之一，也是他最終的復仇對象，黃泉委託人。

這簡直是天上掉下來的禮物。

小故一心只想復仇，滿腹的恨意差點讓他衝了出去。

等等，黃泉委託人的身邊還跟了一個對鬼魂們來說很不得了的人物，是個鬼差。

不行，冷靜點，忍一忍，還不是時候。

小故不斷提醒自己，如果現在暴露了自己的行蹤，要再找機會躲起來有多不容易。

萬一被抓回鬼門，又得回到地獄受苦。

不，最苦的不是地獄裡的那些極刑，而是自己恐怕再也沒有機會復仇了。

再說，出地獄不過一個月左右，自己的力量也還沒有恢復，現在和黃泉委託人正面交鋒並不是明智之舉，況且他旁邊又多了個鬼差，還是等自己的力量恢復了，再來對付黃泉委託人才是。

屆時，他不但可以享受黃泉委託人哭著求他饒命的模樣，還能夠好好折磨他一番。

小故想著想著，嘴角不禁露出一抹邪惡的微笑。

在黃泉委託人前腳剛踏進前面的鐵皮屋裡，後腳又有四個人跑了過來。

一個高大的男人，一名女學生，一位道士，還有那被女鬼上身的女學生，她也回到這裡來了。

這下可真的不平靜了，除了黃泉委託人，還有鬼差加上道士，裡面還混雜了一個附了身的凶靈。

暴風雨前的寧靜，剛剛看到的人類以及一名女鬼全都共處在同一間鐵皮屋裡。

小故完全不知道裡面發生什麼事情，外面倒是相當平靜。

然而，不久後，事情有了轉變，高大的男人和道士跑了出來，他們行跡笨拙的樣子，很快就被這裡的鬼魂們發現。

所有的鬼魂蜂擁而上，這麼一群憤怒、不願回地獄、飢腸轆轆的惡鬼們，看來就算有個道士、鬼差再加上黃泉委託人也奈何不了它們。

但這時候的小故倒是希望黃泉委託人能夠活下去，畢竟他還沒有報仇，還沒有看到黃泉委託人向自己跪地哭饒的樣子。

「咻」地一聲，一把長柄武器從天而降，伴隨著一陣豪爽的笑聲，這塊土地接著旋即變成了一片戰場。

小故暗自慶幸，自己的運氣還不錯，果然不出他所料，今天這裡非常不平靜，是個最適合趁亂逃走的日子。

只是如此誇張的程度，早已出乎小故的預料了。

就是現在！

人鬼交戰，亂成一團，小故逕自奮力往山下奔去，使盡自己全身現有的力量，不顧一切往山腳衝。

距離鬼門越遠，鬼門的束縛力緊縮了小故的力量，就像被鏈子拴住的狗一樣，跑越遠鏈子就拉得越緊，越令他感到痛苦。

來個人吧，來個人類吧！

小故雖然感到痛苦，但只要他能逃離鬼門的束縛，從此就海闊天空了。

這就好比掙脫枷鎖的狗一樣，一旦沒了那條綁住牠的鏈子，從此就能過著自由的生活了。

而要逃離鬼門，掙脫鬼門對小故的束縛，唯一的辦法就是和那女鬼一樣，附身在人類身上。

偏偏這裡荒煙蔓草，人煙稀少。

開鬼門的這一個月以來，除了幾名大學生，不過就只有幾個曾經到這裡勘查命案現場的警察，以及剛剛的黃泉委託人一行人來過而已。

警察的正氣，讓現在虛弱的小故無法輕易上身。

而如今又有黃泉委託人，要上剛剛那幾個人的身，簡直是場豪賭。

小故只好將目標轉向山腳，祈禱那裡有人車經過。

終於看到了道路，正好有一部轎車朝自己的方向開過來。

小故看準了那輛車，飛快衝過去，「砰」的一聲，撞進了汽車的駕駛座。

而那台車正是楊康光夫婦所駕駛的車。

4

附身在楊康光身上的日子，對小故來說，也是段不輸給在地獄的苦日子。

剛從地獄逃出來的小故，就好像奄奄一息的病人般虛弱。

他必須藏身在楊康光的體內，慢慢恢復自己的力量。

但是，楊康光的老婆又是個非常敏感又迷信的人。

從那次鬼門關，小故鑽入楊康光體內之後，他老婆就一直懷疑自己的老公卡到陰。

這迷信的女人為此耿耿於懷，於是，不斷地拉她老公去各大廟宇拜拜，四處請人收驚作法，甚至還帶符水回來逼楊康光喝。

小故一生沒接近過女人，自然不知道結婚是什麼模樣。

小故原本還有點怨恨自己的雙親當年把自己推入宮去當太監，非但不能享受成家的樂趣，最後還落得這種下場。但是，看到這女人幾近瘋狂的模樣，知道老婆原來是這麼恐怖的女人，讓小故反而感激起自己的雙親。

為了對付這女人，小故幾乎像當年服侍公主那般小心。

即使小故已經很小心，盡可能不要讓那女人發現，但是，那敏感的女人總是會察覺到異狀。

就這樣，小故盡可能只在那女人沒發現的時候，才控制楊康光的肉體，慢慢削弱他的意識控制能力。

但是，總會有幾次意外，讓那敏感的女人察覺出異狀。

幾乎一點點風吹草動，那女人就會陷入歇斯底里的狀況，同樣的情況又會再來一次。

這些行為，幾乎就快要把小故折磨到魂飛魄散。

有好幾次，小故真的差點面臨天人交戰的抉擇，要嘛就在楊康光的體內，被這女人折磨到魂飛魄散，要嘛就是離開這個肉體，回去地府報到。

小故的仇恨心讓他選擇了前者，拚個玉石俱焚的心，也要報這些已經不知道該從何報起的仇恨。

於是，小故仍然咬緊牙關苦撐，他的仇恨在這個時候化成了他堅持下去的力量。

他死守在楊康光的體內，終於讓他慢慢恢復了元氣。

在大約一個多月前，他終於有了足夠的力量，可以全權控制住楊康光，並且開始他的復仇大計。

於是，在一個雷電交加的晚上，他控制住楊康光，咬死那這些日子以來折騰他的女人，並且開始了他的復仇之路。

這一次，小故發誓不會再讓任何人阻撓自己了。

5

場景回到了任凡當作根據地的雙子廢棄大樓。

戰況急轉直下，原本即將一拳取了方正性命的小故，拳頭來到了方正的面前，卻被一股強大的力量給制止住。

阻止他的人，正是借婆。

不管小故如何用力，那被定住的拳頭，就連一公釐也移動不了。

屬於黑靈的小故恨恨地問借婆：「為什麼？」

「你的仇已經報得差不多了，」借婆面無表情地說：「現在我要你償還欠我的帳。」

「妳想要我怎麼還？」

「我要你回到因果線上，乖乖去投胎，為你造的孽贖罪。」借婆的雙眼凝視著小故，說：「這是你欠我的。」

「什麼？」

小故根本不敢相信自己的耳朵。

為什麼？

這時候要他還債，小故當然不甘心。

罪人之中，還有一個沒有死，而這間屋子的主人當初阻撓自己的行為，更是讓小故恨之入骨。

「還沒完！」小故怒吼：「我還有一個人要殺！另外，還有黃泉委託人，我也要他付出代價！」

「我早就說過了，萬事必有報，在輪迴之前，他們已經為他們的所作所為付出代價。」借婆搖搖頭，說：「但是，你決定跳脫輪迴，自己行私刑，以報你心頭之恨，現在是你該為你的所作所為還債。你想要報仇，那是你們的因果線，但是，除了你的仇人之外，你也濫殺了無辜。這些人根本跟你們的因果輪迴無關，你也殺害了他們。」

小故瞪視著借婆。

「你為了逃出鬼門，附身在人身上，逃過一劫重回人間，這個就已經是重罪了，再加上你又殺害了那個男人的髮妻。」

「那是她該死！」小故打斷了借婆：「那女人整天疑神疑鬼，只要她老公有什麼風吹草動，她就大驚小怪。」

「那是因為那女人察覺到自己老公的異常，知道她老公卡到陰。」

「結果咧？那女人不斷地找法師來，又喝符水又作法的，害我一直被困在她老公的體內。」小故恨恨地說：「我本來休息個半個月就可以脫出那個軀體，結果被這女人搞了好幾個月，那個該死的女人！」

「住口！」借婆怒斥：「你知道自己在說什麼嗎？」

眼看到借婆發火，就連黑靈的小故也不敢造次，只能緊閉著嘴，但是，不甘心全寫在臉上。

借婆看著小故，良久沒有開口。

對小故，不，對所有陰陽兩界的人或鬼來說，看到的事物當然不可能跟借婆一樣透徹。

畢竟，他們看到的只是因果線上的一個點。

借婆當然沒有告訴小故，她所看到的因果線。

一切都是命。

小故一直把目標放在他設定的四個人，他當然不知道，那一對看起來似乎是枉死的夫妻，也就是那對被他殺害的夫妻，與小故的塵緣也匪淺。
是的，他們就是當年判小故極刑的皇帝與太后。
終究都是輪迴，他們讓小故枉死，所以，小故也讓他們枉死。
在這由因果輪迴編織的網子裡，只有任凡是唯一一個在這風暴之外，真正無關的人。
但是，如果知道任凡前世的人，大概也不會同情他吧。
所有人都有自己的輪迴與宿命，這是借婆早就已經知悉的。
小故選擇了最糟糕的方法，走這條因果線。
眼看借婆久久沒有言語，小故看著地上躺著的方正，與這讓他厭惡無比的場所。
「借婆，欠妳的我會還妳，」小故轉向借婆，緩緩向後退去，說：「只要把這裡給拔了，並殺了那最後一個仇人，我這條魂魄給妳都可以。」
小故語畢，重整態勢，又朝方正等人撲了過去。
「放肆！」借婆怒斥，將手上的八卦杖重重地敲在地上。
原本用盡力道朝方正撲過來的小故還飛在空中，卻被一股強大的力量向下吸引，整個人撲倒在地上。
小故只覺得，此刻的地面宛如一個強大的吸盤，將自己全身都牢牢地吸在地板上動彈不得。
「其他人我可以跟你算了，但是，這裡不是你可以碰的。」此刻，原本比借婆還高大數倍的小故黑靈被吸在地上，動彈不得，所以，借婆低著頭，一臉藐視地說：「任凡也不是你的仇人，如果真要說，他可是你的大恩人，你這不知好歹的小子卻恩將仇報？」

「什麼？」連臉都被吸在地板上動彈不得的小故，扭曲著臉說：「他是我的恩人？」

「哼，你連恩怨都不分，還談什麼仇恨？報什麼仇？」借婆拄著拐杖說：「對你好的人，就是你的恩人，對你不好的人，就是你的仇人？這就是你看到的因果嗎？」

被制伏在地上的小故，沉默不語。

的確，事情跟借婆說的一樣，好壞就像那句俗話「塞翁失馬」所說的一樣。

有時候，許許多多的恩怨情仇不如表面看上去那麼單純。

恨與愛，往往就在人的一念之間。

眼看小故愚鈍地趴在地上，對借婆所言似乎無法理解，借婆嘆了口氣，說：「任凡當年打倒你，並沒有將你封印起來，而是直接把你送到地府，這麼做就是為了讓你可以躲開這個劫難，重回因果線，享受屬於你自己的下一段人生。你非但不感激他，還想來搗毀他的故居？」借婆揮了揮手，指了指後面那扇在地板上的鐵門，說：「他大可把你封在他後面的地窖之中，慢慢跟你磨。」

聽到借婆這麼說，連同方正在內的所有人都恍然大悟，方正轉頭看向被制伏在地上的黑靈小故。

即使是方正也知道，小故的雙眼與氣息那是執迷不悔的眼神，那是不甘心的眼神。

果然，地上的黑靈小故奮力掙扎著，用力試圖用手將自己撐起。

連方正都知道，借婆當然也非常清楚。

借婆搖了搖頭，將手上的八卦杖高高舉起，看著小故，冷冷地說：「我要討的債，沒人可以遲還，更沒有人可以討價還價。」

借婆語畢，將杖敲到地面，地面立刻發出悶響。

伴隨著宛如地震般的悶響，小故痛苦地哀嚎著，只見地面彷彿抽油煙機般，將小故身上的黑氣吸入地板之中。

黑靈化的小故就是靠這些怨氣，變得如此巨大。

現在黑色的怨氣漸漸被吸入地板之中，小故原本的模樣也逐漸顯露出來。

不管怎麼看，都像是一個未成年的少年。

這就是我們這次的對手？

方正與佳萱都感到難以置信。

那麼恐怖的巨大黑靈，竟然只是一個未成年的孩子。

「在你還沒受到奈落之刑之前，這會是你最後的機會。」在地板逐漸吸走小故黑氣的同時，借婆柔聲地說：「你不知道自己闖的禍有多大嗎？殺了四個生人，還想搗毀這裡，加上你現在打倒在地上的人，正是奈落之刑的行刑人旬婆在人世間的乾孫啊。」

小故聞言，咬緊牙關，看向方正。

從小故眼中，方正看到了驚訝與痛苦，怨恨與難過。

「不需要我幫你算，你應該知道你的因果會到哪裡吧？」

這時，小故身上的黑氣已經盡數被地板吸光，而地板這時也伸出了數隻黑色的手臂，緊緊地抓住了小故，準備將小故朝地板裡拉。

「我讓你回歸正軌，在償完你的罪之後，你可要好好珍惜啊。」在小故彷彿陷入流沙中，慢慢被拉入地板之中時，借婆柔聲地說：「來生，你的好壞，將會決定你是否被判最終的極刑，奈落之刑。你自己好自為之吧。」

只剩下一顆頭還露在地面外的小故，哭著怨恨地說：「不甘心，我不甘心。」

「這就是人生，不苦，又怎麼知道甜呢？」在小故的整個頭沒入消失之前，借婆面無表情的說。

黑夜，又回到了它寧靜的面貌。

借婆深深地嘆了口氣，逕自緩緩朝樓上走去。

是的，如果小故當初接受投胎，他的來生將不會充滿恨，在一堆人虧欠他的情況之下，他的來生將會一帆風順，可是……

可惜，他選擇這樣的道路，當真是損人又不利己啊。

掌握著因果線的借婆，看過無數的因果線。

恩怨情仇，一直都是因果線的主要材料。

報仇，永遠平息不了心中的恨。

仇恨只會衍生出更多的仇恨，就好像花的種子一樣，正像那句俗話說的，冤冤相報何時了。

但是選擇的是人，不是借婆，她沒有辦法幫任何人決定任何事情。對一個掌握著因果線的人來說，她的心必須有如黑洞般，可以承受這一切，眼睜睜地看著因果線上的男男女女，做出這樣讓人心傷的決定。

但是，這種苦差還是得要有人來當，這就是為什麼被稱為黃泉三婆的三人中，旬婆與孟婆都很敬重借婆的原因。

遠古的三婆之爭，因果、轉世與極刑。

只有借婆，自願承擔因果這樣的苦擔。

但是她累了，數千年冷眼旁觀著人世間的恩怨情仇。

她真的覺得累了。

借婆嘆了口氣，腳步沉重地走入了任凡的家中。

6

眾人許久沒有開口。

從借婆與阿發口中，大家得知了整起事件的前因後果。

對大家而言，他只是一個黑靈。

在輪迴之下，所有人的生命都彷彿只是一根羽毛，無關輕重。

但是，每根羽毛都是一個人的人生啊。

在場的所有人或鬼，沒人敢保證自己不會走上跟小故一樣的道路。

在還沒有被任凡開啟這扇門前，方正不相信有神鬼，可是，工作是必須站在社會黑暗面之前的警察，對方正來說，雖然不信鬼神，卻非常希望這世界上有神。

社會各個角落都充滿了不公不義之事，對方正這種站在第一線的警察來說，看得更是透徹。

在這種法律與公理都無法伸張的時候，身為小警員的方正，也只能期待有神可以平衡這一切。

但是，在認識任凡之後，一切都改變了。

這是第一次，方正感覺到自己的視野真的跟過去不一樣了。

眾人默默地開始收拾著這個被小故肆虐過的家園。

佳萱看著眼前的一切，今天的方正的確讓她改觀了不少。

如果沒有方正這樣的拚命，如果借婆來不及趕上，或許這裡的一切都會被小故給毀了，屆時這些鬼魂與任凡都將會無家可歸。

佳萱悄悄地走到了方正身後，拍了拍方正的肩膀，說：「今天的你真的不一樣喔。」

「喔？」

「想不到你竟然敢這樣不怕死的面對黑靈。」

方正聽到佳萱這麼說，剛剛的畫面又再度浮現腦海。

當時的熱情與怒火現在已經完全消退，方正感覺自己好像完全客觀地看著自己當時與黑靈對戰的模樣。

這時的方正才知道，原來自己那麼接近死亡。

方正只感到一陣暈眩，整個人腳軟，坐倒在地上。

一旁的佳萱緊張地還以為方正哪裡受傷了，趕緊靠過去查看。

黃伯看著方正，緩緩地笑了笑。

他記得，方正第一次跟任凡來到這棟大樓的時候，才見到鬼，就連續暈了三次。

想不到現在的他，竟然成長到可以跟黑靈嗆聲了，這可真是出乎意料之外啊。

看著佳萱奮力將方正從地上扶起來的身影，黃伯似乎看到了一個重疊又熟悉的身影，任凡的身影。

只要想到你，就會給我帶來力量——這是阿宏曾經對方正說的。

而今晚，任凡也同樣帶給了方正力量。

不想讓任何人或鬼，在任凡不在的這段時間裡，侵犯他的家園。

這樣的心情，給了方正成為偉大傳說的力量。

今晚，方正在任凡的領地上，打倒了一個黑靈。

只是他沒想到的是，這件事情傳遍了黃泉界，大家口耳相傳著，黃泉委託人後繼有人了，而那個人就是先前被人戲稱為黃泉「偽」託人的旬婆之孫，白方正。

這是方正所始料未及的，就好像他在警界的名聲一樣。

於是，一個新的傳說誕生了，不管傳說的那個人自身到底是願意，還是不願意。

尾聲．他的消息

大戰過後，方正帶著組員們，幫忙整理著任凡這片荒廢半年的土地。

在任凡不在的這段時間裡，黃伯一直都是這塊土地上面的仲裁者。

只要這裡的鬼魂們有什麼爭吵，或者有什麼遊蕩的鬼魂靠近，都是黃伯出面解決的。

黃伯為了感謝方正所做的一切，靠到方正旁邊說：「這次真的很感謝你。」

方正點了點頭，說：「哪裡，別客氣。」

「聽說，你前些日子接了個委託，幫忙雲林的林伯趕走一些盜墓賊。」

「沒有啦，」方正搔了搔頭，說：「不是什麼委託，林老先生找上我，說他們家的祖墳要被盜了，所以我去幫忙。可是，我想你也聽說了，我雖然成功趕走了那些盜賊，但誰知道不小心……」

黃伯看著方正一臉不好意思的表情，慈祥地笑了笑。

「跟你說個秘密，」黃伯笑著說：「同樣的事情，任凡也做過。」

「什麼！」方正一臉不可置信。

「嗯。」黃伯望著遠方，回想著說：「他毀掉的是我的祖墳，而且，他還不小心把我的頭給踩掉了，所以，我現在頭才會特別容易掉下來。」

的確，方正幾乎每次來，都看到黃伯的頭被住在這裡的一些小鬼拿下來玩。

方正不可置信地看了看四周，問黃伯說：「難道說這些聚集在這裡的鬼魂……」

黃伯彷彿張開嘴，正想要回答，突然刷的一聲，整個頭顱竟然憑空消失了。

「嗚哇！」

方正嚇到一連退了好幾步，定下神來才看清楚，原來剛剛黃伯的鬼魂又被阿丹為首的那群小鬼給掰掉了。

沒了頭顱的黃伯聳了聳肩，轉身去追阿丹那群小鬼。

方正摸著自己的胸口，驚魂未定似地確認一下自己的心是不是還在跳動。

這還真不是人可以接受的環境。

「有點像喔。」佳萱從後面走過來說道。

「嗯？」

「你跟那個黑靈對戰的模樣，」佳萱笑著說：「有點像任凡。」

「真的嗎？」方正的嘴角勾出了一抹得意的笑。「原來這就是當任凡的感覺啊。」

還記得當初剛見到任凡的時候，自己把他當成騙子。

後來在相處之後，不知道何時開始，方正雖然嘴巴沒說，但是也把任凡當成了自己的朋友。

更不知道在何時開始，方正的內心深處，也深深地崇拜著任凡。

不過，如果任凡不曾離去，方正這類的情緒根本浮現不出來，只覺得任凡那個吊兒郎當的模樣跟玩世不恭的態度讓自己很受不了。

但是，任凡離去之後，思念與懷念的心情才能從混亂又複雜的情緒中沉澱出來。

就在方正開始覺得，自己好像有點追上任凡的時候，外面突然傳來一陣騷動。

方正與佳萱一起出去，只見到一排鬼魂，從大門走了進來。

帶頭的那個鬼魂宛如導遊般，嘰哩呱啦用英文對著後面的鬼魂說：「這裡就是黃泉委託人的家了，大家小心點，可千萬不要亂闖。」

後面的鬼魂們聽到那個導遊鬼這麼說，也紛紛七嘴八舌地用英文討論了起來。

「喔喔喔，這條紅地毯好特別喔。」

「這裡的陰氣好重啊，真是個適合鬼魂的家啊。」

所有人和鬼都因為這群不知打哪裡冒出來的鬼魂們，紛紛停下了手邊的工作。

方正見狀，朝那群鬼魂走了過去。

導遊鬼一看到方正，立刻對著後面說：「喔喔喔，各位親愛的朋友，我們有貴客到了。」

那導遊鬼竟然迎了過來，用中文對方正說：「如果我沒有認錯，這位應該就是黃泉委託人的好拍檔，白方正警官。」

聽到導遊鬼這麼說，方正的嘴緩緩地張開，嘴角也勾起一絲笑意。

方正作夢也沒想到，任凡竟然會跟別人，不，跟別的鬼提起自己。

看樣子，自己在任凡的心中，應該也有一定的地位吧？

方正如此想著，看了佳萱一眼，得意之情完全寫在臉上。

「嘿嘿。」那導遊鬼笑著說，拍拍胸脯說：「不過，你也不要太得意，我也是不輸給你的名人喔。」

「喔？」

「你站穩了嗎？」那個導遊鬼微仰起頭，一臉得意地說：「我就是《馬可波羅遊記》的作者，馬可波羅是也。」

方正臉上的笑容完全消失，與佳萱一同張大了嘴，難以置信地看著他。

「嘿嘿，從你們的表情我就知道了，你們都認識我。」

方正與佳萱異口同聲地說：「嗯，可以這麼說。」

想不到眼前這個像導遊的鬼，竟然是大名鼎鼎的馬可波羅。

更難以想像的是，他竟然拿來跟自己相比，讓方正感覺到受寵若驚。

「那你後面的那群人，不，鬼……」佳萱指著跟在馬可波羅後面的那群鬼，說：「也是跟你一樣的名人嗎？」

馬可波羅搖了搖頭。

「喔？那他們是來找任凡委託的嗎？」

「不，他們跟我一樣，都是在歐洲遇到任凡，受過任凡的幫助，所以現在特別跟我一起來看看他的故居。」

方正苦笑。

看來任凡到了歐洲，還是黃泉委託人。

「所以，你們都見過任凡了？」

「是啊，我們每個都是任凡在歐洲的客戶，除了我之外，他們都不曾出過國，這次特別來這裡看看。」

「他在歐洲過得如何？」

「不知道耶，我也有一陣子沒見到他了。」馬可波羅皺著眉頭，說：「前一陣子發生了一件大事，在歐洲的黃泉界非常轟動，所以，黃泉委託人的名號現在幾乎沒有鬼魂不認識他。」

「喔？發生了什麼事情？」

「任凡他打倒了凱撒大帝，解放了很多被他控制的鬼魂。」

「什麼？」

想不到任凡竟然在歐洲幹下這等大事，讓方正又驚喜又失望。

驚喜的是任凡仍然活躍，失望的是自己好不容易覺得自己有點接近任凡了，現在等於被潑了一大桶的冰水。

「那場大戰持續了三天三夜，當真是天搖地動。」馬可波羅完全沒有注意到方正臉上五味雜陳的表情，遙望著遠方，說：「這場驚天地泣鬼神的大戰，凱撒大帝終於被任凡擊敗，而任凡也解放了數個世紀以來被凱撒大帝所囚禁的所有靈魂。」

「這小子是跟歷史人物過不去嗎？怎麼老是找一些歷史名人來開刀呢？」方正在心中吶喊。與任凡相比之下，方正連一點點剛剛萌芽的自信心都被摧毀殆盡了。

馬可波羅原先還陷入遙想任凡的模樣，這時突然臉色驟變，他狐疑地左右張望了一下。

「感覺……」馬可波羅狐疑地說：「不太對勁。」

馬可波羅搜尋了一會之後，將眼光停留在左邊大樓的六樓。

那裡，原本是任凡的辦公室，但是，現在卻被一個陰曹地府的不速之客給佔領了。

馬可波羅用顫抖的手指，指著辦公室問道：「是什麼人在那裡？」

方正看了一下，然後才想起來，轉過頭對馬可波羅說：「是一個黃泉界的大人物，叫什麼借婆的，我也不是很清楚。」

馬可波羅一聽臉都綠了，顫抖不已地說：「借、借、借、借婆！」

看到馬可波羅如此劇烈的變化，方正懷疑地問：「你有欠她東西嗎？」

只見馬可波羅彆扭地回答：「嗯、嗯。」

方正挑眉看著馬可波羅，他實在想像不到，馬可波羅會欠借婆什麼。

「我的馬可波羅遊記在我過世之後，一直沒有……嗯，」馬可波羅支支吾吾地說：「受到重視，所以，所以……」

方正聽了張大了嘴，說：「你去求借婆？」

馬可波羅用尷尬的笑容代替了他的回答。

「所以，現在馬可波羅遊記舉世皆知，」佳萱驚訝地問：「是借婆的功勞？」

「不能這麼說，我的作品真的不錯啊。」馬可波羅苦著臉說：「雖然借婆也有幫忙啦。」

方正笑著問：「那你還債了嗎？」

這個問題宛如冰雪般，僵化了馬可波羅臉上的笑容。

馬可波羅趕緊回到那群觀光客的鬼魂旁，跟那群觀光客般的遊魂講了幾句，所有鬼魂立刻一陣慌亂，轉眼間全部消失無蹤。

看來，這個借婆比任凡更恐怖。

看著那群遠從歐洲而來，卻因為聽到借婆名聲就落荒而逃的鬼魂們，方正有感而發地想著。

完全不知道自己的名聲，讓遠從歐洲而來的鬼魂都顫慄不已的借婆，靜靜地坐在任凡的辦公室裡面。

這只是個開頭而已。

這點，借婆比任何人都清楚。

手上的拐杖，上頭的八卦球開始緩緩地轉動，彷彿在提醒著借婆什麼。

「我知道。」借婆皺著眉頭，對著拐杖說。

因果就是這樣，一旦開了頭，就沒完沒了了。

借婆抬起手來，慢慢舉起了拐杖，然後重重地朝地上一敲。

大地，為即將來到的風暴發出沉悶的哀鳴，也為一場新的傳奇敲響了序曲。

The End

番外・任凡的背後靈

1

在任凡與撚婆兩人合力打倒了武則天之後，經過了一段時間的修養與沉澱，任凡再度離開撚婆，獨自一人，開始了他黃泉委託人的工作。

這個草創時期，任凡幾乎可以說是從零開始，就連後來在黃泉界十分有名的六大不接原則，此時也不過只有一個原則。

而這個原則，更可以說是黃泉委託人最核心的原則。

畢竟這是一份工作，只要是工作，就需要有報酬，不然任凡真的得喝西北風。

因此那最重要的原則，正是——沒有酬勞或利益的工作不接。

由於這行就當時而言，確實可以算是前無古人的一個職業，因此也沒有什麼前路可循，一切都得靠任凡自己去摸索。

因此後來的那些不接原則，基本上就是這樣摸索出來，靠著經驗累積，慢慢形成的。

就只有這個規則，自始至終都是任凡最重要的一個原則，一路走來始終如一。

當然這裡所謂的報酬，其實相當的廣，除了實質上任凡可以拿來花用的金錢之外，就連情報，甚至於在任何委託之中幫助過任凡的情況，都可以成為一種「報酬」，因此要讓任凡接下委託，不單單只有金錢這個選項。

然而，即便任凡已經大開方便之門，還是有許多鬼魂，登門委託卻不打算付出任何的報酬。面對這樣的鬼魂，任凡的回答總是：「沒有任何報酬的工作不接，這就是我的原則，不好意思。」

不過不是每個鬼魂都接受這樣的答案。有些鬼魂無法接受，甚至會當場鬧起來，不過面對這樣的鬼魂，任凡也不算沒有經驗，多半都是幾下就可以把對方轟出去。

不過在這些鬼魂之中……卻有一個鬼魂，可以說是完全的例外，他叫做王燦輝。

他第一次出現在任凡面前的時候，那時候的任凡，已經搬到了最著名的雙子大樓，黃泉委託人的生意，也正處於顛峰的狀態，幾乎每天都會有生意上門，生活忙碌而充實。

就是在這樣的情況之下，王燦輝出現在任凡的面前，希望任凡可以接下自己的委託。

任凡打量了一會這個站在自己眼前的男人，比起外貌來說，更讓任凡注意到的是他靈體所散發出來的色彩——藍色。

一般來說，藍靈雖然可以算是僅次於白靈之外，最常見的一種靈體，代表的多半是對人世間還活著的人有所不捨，無法割捨與親人之間的羈絆，因此留在人世間，大家口中常說的守護靈，正是這樣的靈體。

然而在任凡的客戶之中，這樣的靈體卻不常見。

不過就經驗來說，這樣的靈體委託的內容多半也跟他們的親人有關，難度方面除了少數幾個案件之外，大部分也都不會太困難。

對任凡來說，這樣的藍靈其實算是相當不錯的客戶。

因此看到了王燦輝，知道他是個藍靈之後，對任凡來說，只有一個問題。

「你……」任凡問王燦輝：「有沒有辦法支付我酬勞呢？」

眼前這看起來只有唯一一個問題的王燦輝，沉默了一會之後，緩緩地搖了搖頭。

「既然這樣的話……」任凡用手比了比門口。

畢竟沒有酬勞的委託不接，這不只是規則，更是任凡不變的原則。

王燦輝皺著眉頭，似乎沒有離開的打算。

「我可以……」王燦輝問：「在你這邊做點事情，當作報酬嗎？」

「啊？」任凡挑眉。

「我會做很多事情，」王燦輝說：「像是——」

任凡伸手阻止了王燦輝的自我推銷，畢竟就目前來說，任凡真的一點也不缺人手，身旁已經有了號稱史上最恐怖雙黑靈的老婆協助，他根本一點也不需要其他人的幫忙。

「不用了，」任凡說：「你還是去準備一點我可以用得到的報酬後，再來找我吧。」

聽到任凡這麼說，王燦輝失望地低下頭，沒有多說什麼，就在小憐的帶領之下，離開了任凡的辦公室。

這，就是任凡與王燦輝的第一次相見。

2

藍靈，最常見的就是守護靈、背後靈。

他們多半是因為放心不下自己的家人，或者跟自己有所羈絆的人，才會留在人世間。

除非有人要傷害他們在意的人，不然他們根本完全不會有任何的攻擊性。

這是一般情況下，藍靈共通的特性。

在任凡拒絕了王燦輝之後，王燦輝沒有任何的抵抗，安安靜靜地離開了。

就像一般的藍靈那樣，溫馴、沒有傷害性。

只是在那之後，任凡的身後就多了一個背後靈。

王燦輝徹底發揮了藍靈的特性，只是他跟隨的人，不是自己的家人，而是任凡。

王燦輝纏上了任凡，就好像背後靈那樣，不過不是亦步亦趨的那種跟隨，而是一直保持著一段距離那樣跟著。

不管任凡到哪裡，他都默默地一直跟著。

一開始任凡還以為，王燦輝想要用這種死纏爛打的方式，來強迫自己妥協，接受他的委託。

不過王燦輝一直保持著一定的距離，而且用非常蹩腳的方法，想要隱藏自己的行蹤，不太願意被任凡發現，似乎也不打算用所謂的死纏爛打的方法，來強迫任凡。

因此，任凡也不打算拆穿他，既然他喜歡跟，那就讓他跟著吧。

畢竟這時候的任凡，黃泉委託人的生意正到了一個高峰，幾乎每天都得要為了委託東奔西走，既然王燦輝只是跟著，也沒對自己做什麼，任凡似乎也沒有把他趕走的權利，因此就讓他這樣跟著。

只是這一跟，就跟了好幾個月。

跟到後來，任凡都看不下去了，因此在一次委託之後，趁著王燦輝不注意，任凡來到了他的面前。

「你走吧，」任凡語重心長地說：「與其這樣跟著我，不如去好好想想，該怎麼付報酬給我。」

然而出乎任凡意料之外的是，這竟然就是王燦輝準備要付給任凡的「報酬」。

這些日子以來，王燦輝一直跟著任凡，目的就只有一個，就是希望可以提供任凡任何形式的「服務」，以換得任凡所謂的報酬。

可惜這幾個月這樣跟下來，完全找不到自己可以代勞或者是幫忙的地方，因此才會一跟就經過了半年的時間。

只是王燦輝不知道的是，這本來就是理所當然的結果。

畢竟這個時候，任凡的生意正值顛峰，加上身邊除了有小憐、小碧兩個前黑靈老婆當作最佳的助手之外，還有嶄露頭角的首席鬼差葉聿中幫忙，根本不太可能讓一個藍靈有插手的機會。

因此聽到了王燦輝的計畫，任凡真的只能苦笑，並且要他好好去想辦法，跟著自己很難找得到機會的。

「你有你的原則，」王燦輝顯得有點怯懦地說：「我也有我的原則，我沒有干涉你的原則，也希望你不要干涉我的。」

「我沒有干涉你，」任凡沒好氣地說：「但你的原則是什麼？堅持要人家為你服務然後不給錢？」

「不，」王燦輝手握著拳頭說：「就是堅持用勞動來代替酬勞。」

聽到王燦輝這麼說，任凡真的無奈到了極點，不過確實任凡會出現在他的面前，主要也是因為想要勸離他，完全是為了他自己好，既然對方不接受自己的好意，任凡也不想多說什麼。

「好吧，」任凡懶懶地說：「那就隨便你吧。」

就這樣，王燦輝就一直跟著任凡，希望可以找到機會，實現自己的想法，用勞動來代替酬勞，讓任凡接下自己的委託。

3

雖然說在撚婆退休之後，也就是在與小憐、小碧交手之後，任凡多了一條不接的原則，就是跟黑靈打交道的委託不接。

不過也正是那一次的經驗，讓任凡認識了一個鬼差，葉聿中。

藉著這個契機，兩人相識之後，開始聯手合作，任凡只要處理到困難的委託，葉聿中便會出面協助，而葉聿中這邊，也透過協助任凡的關係，抓到了很多難纏的通緝犯，官運一路亨通。兩人的合作可以說是各取所需，相輔相成。

兩人聯手之後，確實一時之間成為了全黃泉界最受矚目的組合。

當時的台灣黃泉界，因為任凡打倒了武則天，解放了台灣的同時，也讓整個台灣陷入了一陣混亂。而兩人這時候的聯手，等於讓台灣的黃泉界頓時又有了秩序。

葉聿中因此獲得上層的賞識，而任凡的黃泉委託人名聲，也因此水漲船高。

隨著葉聿中的官位越來越高，業務也越來越繁忙，不再只是那個成天只要跟著任凡就好的小鬼差。

與此同時，任凡隨著黃泉委託人的名聲遠播，接到的委託也越來越多。

就在這種情況之下，兩人之間的合作也越來越困難。

兩人之所以會成為合作夥伴，除了單純互利的狀況之外，也因為兩人的個性相當接近，很談得來。不過到了這個時候，也正因為雙方彼此太過於合拍，所以也不曾為此問題好好坐下來談過。因為不管是任凡還是葉聿中，都不希望破壞這樣的關係。

結果，一場悲劇就這樣間接導致而生了。

這一天，任凡約好了葉聿中前往一個地點，去解決一個剛成形不久的黑靈。

雙方已經約定好時間地點之後，身為當事人的任凡，準時到了現場附近，不過卻遲遲等不到葉聿中。

業務越來越繁忙的葉聿中，已經不是第一次遲到了，因此原本任凡也不以為意，保持著安全的距離，靜靜地等待著葉聿中的到來。

剛成形不久的黑靈，最明顯的特徵之一，就是非常不穩定。

因此即便任凡已經保持了一定的安全距離，但是那黑靈還是跑了出來，直直追著任凡。

這倒是完全出乎任凡的意料之外，不過卻已經無法改變自己被黑靈追殺的事實，只是這一切，當然也全都看在這些日子以來，一直跟著任凡的王燦輝眼裡。

這也是王燦輝跟著任凡一年多以來，第一次出現這樣的狀況，因此眼看機不可失，王燦輝立刻挺身而出。

只是王燦輝說到底也不過是個藍靈，威力當然遠遠不如黑靈，別說擊退黑靈了，就連纏個黑靈也撐不了太久。

不過在王燦輝的捨身相救之下，給了任凡一個重振旗鼓的機會，讓他可以至少想到辦法拖住黑靈，撐到葉聿中姍姍來遲。

雖然說葉聿中的到來，三兩下就收服了黑靈，不過這段時間跟黑靈纏鬥的王燦輝也受了重傷，只有被收到下面去，才有可能保住一命。

最後為了保住王燦輝的命，葉聿中收了他的魂魄，就連他到底想要委託任凡什麼，都還來不及說，就被收到地府裡，重新踏上他的輪迴之路。

4

爐婆的面前，擺著一張寫著一個名字的紙，上面寫著「王燦輝」以及他的生辰八字。

由於王燦輝已經被收到地府之中，因此想要聆聽他的委託，就得要透過類似像爐婆這樣的法師，把他請上來才行。

請鬼上門一直都是爐婆最在行的工作之一，因此過沒多久之後，爐婆頭一點，等待再次仰起頭來的時候，已經是王燦輝的靈體了。

可能還不習慣被人這樣叫上來，因此王燦輝愣愣地看了一下四周，一時之間似乎完全搞不清楚狀況。

想不到最後竟然會演變成這樣，讓任凡不免覺得有點感嘆，重重地嘆了口氣。

「唉。」任凡搖搖頭。

這一聲嘆息，似乎有助於王燦輝搞清楚狀況，只見他看了任凡一眼之後，嘴角也隨之揚起。

「嘿嘿嘿嘿嘿。」一陣詭異的笑聲從被王燦輝上身的爐婆口中發了出來。

聽到這聲音，不免讓任凡懷疑爐婆會不會是叫錯人了？

就在任凡這麼想的時候，王燦輝開口了。

「想不到最後竟然是我贏了。」

「啊？」任凡挑眉：「你贏了？」

「對啊，」王燦輝一臉得意地說：「我堅持要用服務來取代你的酬勞，現在看起來，我的確是贏了。」

「你真的可以說這樣的狀況是贏了嗎？」任凡無奈地搖搖頭。

「是啊，」王燦輝說：「我確實這麼認為。」

「你還真是容易滿足啊，」既然王燦輝開心，任凡也不想多說什麼，畢竟這不是任凡請他上來的原因：「說吧，你想委託我的事情是什麼？」

聽到任凡這麼說，王燦輝漸漸收拾起笑容，然後開始將自己的事情，告訴了任凡。

原來王燦輝在數年前因為工作事故導致身亡，死亡之後，因為放不下自己的家庭，成為了藍靈，守候著一家人。

「然而，」王燦輝一臉哀傷地說：「可能是八字有沖到吧，在我跟著家人的這段時間裡面，家人的運勢一直很糟糕。」

聽到王燦輝這麼說，任凡點了點頭。

確實如王燦輝所說的一樣，一般來說陰陽兩隔，人鬼太過於接近，幾乎都會有所影響。這種情況在八字相沖情況之下，會變得更加明顯，因此王燦輝有這樣的想法，似乎也不算是胡思亂想。

「所以，」王燦輝仍然一臉不捨地說：「我有想過要放手，這樣或許對我的家人來說，也算是一個比較好的決定。」

任凡皺起了眉頭，雖然說王燦輝的故事，確實合情合理，不過他聽不出來，這其中有什麼是自己可以為他服務的地方。

「既然這樣的話，」任凡說：「現在對你來說，確實也不算是一個太糟糕的結果。」

王燦輝點了點頭。

「不過，」任凡說：「我不明白你想要委託我的事情是什麼。」

「是這樣的，」王燦輝說：「打從結婚以後，我就一直是我們家的經濟支柱，結果我因為工作的關係，意外慘死，當然也讓我們家的經濟，頓時出現了危機。」

任凡點了點頭，示意王燦輝繼續說下去。

「原本按理說，」王燦輝臉色一沉，恨恨地說：「我的家人應該得到一筆保險金跟慰問金，但是……我的老闆一毛不拔，不但冤枉我，說會造成意外都是因為我的疏忽，還把這些錢都取消，讓我的老婆與孩子，一毛錢也拿不到。」

聽到王燦輝這麼說，任凡也跟著沉下了臉。

「我的委託就是，」王燦輝仰起頭來看著任凡：「幫我找那個老闆，逼他把那筆錢吐出來。」

當然，在聽到王燦輝說自己的情況之後，任凡也已經猜到了委託的內容。

這對任凡來說，不見得算是太難的事情。

畢竟，他有一百多種方法，可以讓那個老闆嚇到不得不把錢吐出來，因此也不算太難的委託。

「只要你沒有騙我，」任凡點了點頭說：「確實是你老闆的問題，我會幫你討回來的，不過……有件事情我很好奇。」

「什麼？」

「你知道，」任凡說：「我不一定只收前金，如果一開始你就跟我說清楚，我大可以在錢討回來之後，再拿取屬於我的那份酬勞。」

「……我知道。」王燦輝淡淡地笑著說。

看到王燦輝的笑容，任凡也了解了。

「這就是你不願意付我報酬的原因？」任凡無奈地搖搖頭。

「嗯。」

這就是王燦輝的委託，也是他一路以來一直跟著任凡的原因。

當然一如任凡所說的一樣，他大可以把這筆錢討回來之後，再付給任凡報酬，但是他卻冒著再死一次的風險，也不願意動那筆錢，就是希望自己的家人，可以得到更多。

這就是所謂的父親嗎？

王燦輝離開後，任凡這麼問著自己。

過去任凡從來不覺得自己可憐，對於父親當年輕易就可以把自己丟給撚婆這件事情，也不曾在意過。

但是遇到了王燦輝如此的父親，確實讓任凡知道了，原來不是所有父親都會將自己的幸福擺在第一位。

還是說，只有這樣的人，才有資格稱為父親呢？

一家之主的「主」，代表的是絕對的權威，還是為家人精打細算的體貼呢？

一個禮拜之後，王燦輝的老闆再度出現在王燦輝的家門前，帶著一張原本應該賠給王家人的支票，將那筆錢還給了王家。

這一幕，任凡就站在對面親眼目睹，看著王燦輝的老婆，驚喜萬分地抱著那張支票。

這是第一次，並且很有可能是唯一的一次，任凡羨慕過別人有這樣的父親。

雖然就結局來說，或許還算不差。不過為了這件事情，任凡確實跟葉聿中吵了起來。

不過，這或許也是白手起家，從零開始的兩人，一路聯手度過了這些年之後，最後終究會面對的問題，只是兩人一直遲遲沒有處理。

也因為這個案件，導致兩人在大吵一架之後，陷入了冷戰。

而兩人之間的冷戰，一直到了將近一年後，在一個前警官的追凶案中，任凡跟另外一個警員白方正，一起被黑靈威脅的時候，才畫下句點。

不過即便兩人後來沒有冷戰，兩人之間的合作，也在這次之後，逐漸落幕。

畢竟後來的葉聿中，成為了舉足輕重的鬼差，而任凡也為了找尋自己母親的魂魄，前往了歐洲，兩人之間就幾乎沒有再聯手一起對抗過凶惡的鬼魂了。

後記

大家好，我是龍雲，很高興在這邊跟大家見面。

這本《黃泉偽託人》，實際上是第二部方正的故事開端，也是我當時所構想借婆傳奇的前傳。而這次補充的番外，是稍微補足一下在整個故事開始之際，也就是黃泉委託人第一集的時候，任凡跟葉聿中之間的狀況。

相信應該有不少讀者發現，當任凡跟方正前去找撚婆時，兩人的對話之中，可以了解當時的任凡，其實跟葉聿中是處於冷戰的狀況。這次的番外，其實就是兩人冷戰的始末。

年輕的時候，總覺得朋友這件事情，是件很單純的事情。兩個談得來的人，就可以成為朋友。但是離開了單純的環境之後，朋友這個名詞，似乎也跟著越來越遠了。

在許許多多生活的變化之下，很多朋友不是疏遠、摩擦，就是像一首很好聽的歌曲〈走著走著就散了〉一樣，慢慢地就不再聯絡了。

在生活的壓力與忙碌之下，加上朋友們一個個成家立業，維繫友誼真的是件不容易的事情。

以前，我非常喜歡一部美國影集《六人行》，事實上，這部影集到現在還是我心目中的最愛影集。在我心中最好的友誼，大概就是這部影集這樣。

或許有些總會有些摩擦，但是只要珍惜彼此，相信什麼困難都可以解決，祝福大家都能找到一段值得珍惜的友誼。

最後一樣，希望這本小說大家會喜歡，那麼我們下次再見。

龍雲

龍雲作品 18

黃泉委託人：偽託人

國家圖書館出版品預行編目資料

黃泉委託人：偽託人 ／ 龍雲 著. — 初版. —
臺北市：春天出版國際, 2017. 08
面；　公分. —（龍雲作品；18）
ISBN 978-986-95201-0-2（平裝）
857.7　　106012250

ISBN 978-986-95201-0-2
Printed in Taiwan

作者　龍雲
封面繪圖　啻異
總編輯　莊宜勳
主編　鍾靈
責任編輯　黃郁潔
美術設計　三石設計

出版者　春天出版國際文化有限公司
地址　台北市信義區信義路四段458號3樓
電話　02-7718-0898
傳真　02-7718-2388
E-mail　story@bookspring.com.tw
網址　http://www.bookspring.com.tw
部落格　http://blog.pixnet.net/bookspring
郵政帳號　19705538
戶名　春天出版國際文化有限公司
法律顧問　蕭顯忠律師事務所
出版日期　二〇一七年八月初版
定價　170元

總經銷　楨德圖書事業有限公司
地址　新北市新店區寶興路45巷6弄6號5樓
電話　02-8919-3186
傳真　02-8914-5524